LA VALLÉE

Du même auteur

Vous êtes sur la liste ?
Enquête sur la tyrannie des branchés
Éditions du Moment, 2008

Bronson
Stock, 2016

La Filature
Stock, 2023

ARNAUD SAGNARD

LA VALLÉE

roman

ÉDITIONS DU SEUIL
*57, rue Gaston-Tessier, Paris XIXe*

En exergue : Louis-Ferdinand Céline, *Londres*,
© Gallimard, 2022.

ISBN 978-2-02-158514-8

www.seuil.com

À Philippe Ulrich, ingénieur du non-chaos

Les humains ruissellent ébahis le long des rives vitrées.
Ils passent et reviennent, se détachent avec peine, sauf les francs ivrognes qui ne croient plus à la matière.
Ils ondulent seulement d'une rive à l'autre en fantaisie.

Louis-Ferdinand Céline, *Londres*

I

Enter

Derrière eux, la peinture du mur s'écaillait, d'infimes fragments de plâtre tombaient, laissant à la surface un entrelacs d'îles irrégulières. Elle tenait la maison cette paroi jaune, demeurant là depuis des siècles peut-être. Sortie de terre, de la forêt d'à côté, de l'humus gras où poussait tout ce qui le pouvait encore, de la rivière sans nom plus loin aussi. Le cours d'eau, cicatrice d'argent circulant au milieu du vert profond, datait d'avant, de la préhistoire, il les avait tous précédés. Le printemps venu, on s'y baignait parmi les libellules au moindre rayon de soleil, on y pêchait des truites noir et or autrefois. Pour ce faire, il fallait couper à coups de faux les ronces et les fougères et chacun dans la famille Hèvre redoutait le moment où celles-ci ne recouvriraient plus qu'un filet d'eau glacée. Plantée dans les bocages, la ferme, ce mot intimant de trimer et de se taire, de ne rien laisser ouvert de peur que l'inconnu n'y entre, et sa carapace d'argile protégeaient vaillamment les occupants des insectes, de la pluie, du chaud et du froid, mais elle aussi finirait par tomber, ça prendrait des mois, des années encore. Et lui ne serait pas là pour voir ça.

Peut-être l'avaient-ils déjà compris, car, jusqu'à ce jour, Thomas n'avait jamais dit qu'il avait besoin de leur parler. Depuis quelques minutes il meublait, les doigts de Maman pianotaient sur la toile cirée parmi les miettes. Elle n'avait pas eu le temps de débarrasser le pain qu'ils n'achetaient qu'en ces larges miches à la croûte brune et épaisse, à la mie dense comme une ruche, posé en bout de table sur la planche de bois à côté du couteau à dents. Le café, mare noire dans le broc de fer-blanc bosselé, refroidissait, personne n'y touchait. Heureusement, le poste de radio, oreille, langue et œil du monde extérieur, était éteint. On entendait le vent dehors, voilà tout. Lui aussi les avait rejoints pour la révélation, il allait l'emporter tout à l'heure, la faire se lever dans le ciel et la diffuser à tout le Morvan jusqu'au point culminant du Haut-Folin. Les animaux de la forêt sauraient, les corbeaux gris et noir le répéteraient aux sangliers, les renards aux biches et les résineux et les feuillus garderaient la nouvelle en mémoire parce qu'ils gardaient tout. Les fougères, les fleurs, les plantes couvrant le massif hercynien chuchotaient déjà entre elles.

Comme ce mur, ils craquelaient ses parents, ils vieillissaient lentement, des bouts d'ongles noircis tombaient de temps à autre, des cheveux leur poussaient dans la nuque, seul Thomas grandissait à vitesse grand V. Quoi qu'il arrivât après l'annonce, la cuisinière de fonte resterait là, inamovible, ancestrale, leur âtre, un soleil. Dedans, de courtes bûches brûlaient, au-dessus l'eau chauffait pour rien. Les fagots venaient d'à côté, des cèdres blancs, des châtaigniers, des hêtres juste avant le sommet de la colline, le père les avait coupés à la belle saison comme au temps où les forêts de la région chauffaient les habitants de la capitale. Grâce aux amas, aux bourgeons, il repérait à l'humidité enfouie profond dans les cernes celui qui ferait trop de fumée et finirait par boucher la cheminée. En ces lieux, tout se préparait, se programmait. Les animaux surtout, plus délicats que des Formule 1, avant chaque sortie il fallait les examiner, repérer les premiers signes d'éventuelles maladies – tremblements, muscles noués, poils et laine qui tombent –, pareil à leur retour au stand. Toute ferme renferme un laboratoire, avec chaque jour des dizaines d'expériences en cours ; seuls les candides de la ville ignorent cela.

Pour faire joli, les pierres de calcaire et les moellons de granit de la chaumière avaient été recouverts de peinture, cela devait dater d'après le grand-père, celui à qui il manquait un œil mais qui voyait tout. Quand Thomas était enfant, son seul nom suffisait à faire trembler la maisonnée. Dans ces coins-là, les vieux, écrasés par le fardeau de connaître ce qui avait été, vivaient sur place jusqu'au bout, les derniers arrivés ployaient sous leur régime jusqu'à la fin, après quoi c'était à leur tour de régner sur les suivants. Sous le toit au centre de la façade une date du XVIIIe siècle était gravée sur une des pierres les plus volumineuses. Plus de deux siècles et demi qu'ils vivaient là, les Hèvre. Certaines nuits, on devinait les ombres des générations précédentes, les chaînes aux pieds. Le jeune homme héros de cette histoire ignorait d'ailleurs si parmi ses ancêtres quelques-uns avaient, au gré des époques, seulement tenté un jour de quitter les lieux. En 14 oui, pour aller au front s'empaler sur les baïonnettes allemandes, mais de leur propre chef, peut-être jamais. Le grand-père, un autre genre de moine-soldat, illuminé et totalitaire, avait régné comme un roc, un cap, une péninsule.

Ce soir-là, le père, au regard déboussolé et aux mains larges et usées, qui toute sa vie avait essayé de se dominer avant de dompter quiconque, portait encore sa salopette bleue, il n'avait pas eu le temps de se changer et ne retournerait pas à la grange. La mère, sa petite mère qui tenait la maisonnée à bout de bras, tordait ses fines menottes ; bien sûr, elle avait deviné.

Quand Thomas ne put meubler plus longtemps, de peur que l'un d'entre eux n'explose d'impatience et ne brise la table, il y vint. Le messager sauta de la falaise et commença à évoquer l'entreprise, celle à l'étrange nom anglo-saxon avec laquelle il collaborait depuis des mois, celle qui le faisait travailler la nuit et ne pas sortir de la journée. Il évoqua les importants e-mails qu'ils lui avaient envoyés, le contrat à durée indéterminée arrivé l'autre jour par lettre recommandée à la Poste, la puissance de leurs ordinateurs, le nombre d'employés et leur niveau, il insista sur les investisseurs, le réseau de sous-traitants, le rayonnement international, le développement, la croissance, les tâches qu'ils lui proposaient et qu'il ne pouvait accomplir à la ferme. Ce n'était pas une question de matériel, tout ça il l'avait, merci Papa, merci Maman, la bête au prix indécent occupant la moitié de sa chambre fonctionnait parfaitement, mais de fibre, de câbles passant sous terre, de connexion, de débit et de coursiers qui ne viendraient jamais jusqu'ici chercher les clefs USB cryptées qu'il remplissait de fichiers aussi lourds qu'inestimables. La scène, pitoyable et cruelle, lui faisait horreur, le seul lexique les asphyxiait, les mots de son monde entraient sans résistance dans leur chair et leur serraient le cou. Thomas n'avait jamais eu autant peur : malgré ses petits souliers, il écrasait déjà la ferme familiale de tout son poids. Afin de couper net la discussion à venir sur l'impossible logement à Paris, le jeune homme expliqua que Bound disposait d'appartements confortables à proximité de ses locaux où étaient logées les nouvelles recrues pendant les premiers mois. Il parla salaire, il exagéra, il les noya sous les informations, les sigles et les zéros, il était rouleau compresseur ce soir-là. Eux n'avaient plus le choix, il les voyait tomber au ralenti. Depuis la nuit des temps, la grande ville possédait cette force-là, celle de foutre le feu à la campagne. La guerre disposait de la même sans doute, en 70, en 14, en 39 : « Alors, qui ici est capable de marcher avec un sac à dos ?... Tout le monde ! Allez hop, un par un à l'arrière du camion !... » Pour la première fois peut-être, ses parents sentirent que, de cette terre où l'enfant unique ne remettrait plus les pieds, ne subsistait plus rien que de la boue.

Les animaux avaient deviné. On ne savait jamais tout à fait comment ils vous regardaient, étonnés ou faisant semblant de l'être pour donner le change, mais ils voyaient à travers vous. Au commencement, ils avaient assisté à notre arrivée sur Terre et ils avaient su que les bipèdes à poil court finiraient par les envoyer à l'abattoir. Ils sentaient bien les orages arriver, l'air se tendre et refroidir, la lumière crue intensifier ses particules. Même les tremblements de terre. Depuis, ils se taisaient, ils jouaient les idiots pour avoir la paix. Dans l'étable, sombre lieu plein de foin et de merde qu'on avait cessé d'appeler « vacherie » au siècle dernier, la neige collait aux bêtes crottées ; Thomas nettoierait après. Il y faisait chaud : leurs cœurs, leurs poumons et leurs grosses têtes produisaient de quoi réchauffer tout le rez-de-chaussée. Les yeux dans les yeux, il dit au revoir à chacune. Les montbéliardes comme les simmental s'arrêtèrent de mastiquer, elles se levèrent maladroitement – on avait toujours l'impression qu'elles allaient tomber. Autrefois, la morvandelle à robe acajou pullulait. Leur front, qu'il fût brun ou beige, était doux au toucher, elles aimaient qu'on les caresse là. Le jeune homme passa doucement sa main, il les bénit en quelque sorte ; aucune ne secoua sa large tête, aucune ne protesta en meuglant : elles jouaient leur rôle. Adieu, les belles.

Au fond de l'étable, le porc pataugeait dans sa bauge au milieu de ses excréments. Dehors il gelait mais il tenait bon malgré un courant d'air. Le bon gros prisonnier acheté à la foire aux bestiaux d'Autun n'avait jamais été rose, plutôt ardoise. Là aussi, il faudrait nettoyer le sol, mais tant qu'il pouvait bâfrer et dormir il ne protestait pas, la brute ne s'appelait pas *Sus domesticus* pour rien. Dans l'obscurité, elle releva un instant son énorme bouille, elle pensa à grogner puis non, une autre idée l'avait convaincue du contraire. Les lapins dans leurs clapiers de l'autre côté avaient trop peur, toujours le dos tourné à gratter le fond de la cage avant de finir écorchés et bleus sur la table de la cuisine. Et puis Thomas n'avait jamais aimé leurs prunelles rougies pleines des maladies nées de l'enfermement. Par terre, déambulaient quelques poules pourvoyeuses d'omelettes – elles fuyaient à peine. Chaque fois qu'il les prenait dans ses bras, il sentait le pouls de leur cœur sous les douces plumes, elles arrêtaient de battre des ailes, elles se laissaient faire et devenaient belles. Noires, blanchâtres, marronnasses, elles aimaient qu'on les tienne ainsi, avec suffisamment de patience on pouvait même les bercer et les endormir. Sinon, une fois reposées à terre, trépidantes, obtuses, on avait juste envie de leur couper la tête et de les faire cuire. Toutes ces matières, tous ces tableaux, ces bruits, ces odeurs, cette fresque infinie d'humus, de neige fine et de pluie, allaient lui manquer, la bouse même, ces larges vaisseaux déposés dans le pré, pleins de petits trous, constructions complexes chaudes à l'intérieur, refuges des insectes et preuves de vie. Là-bas, là-haut, dans la ville métallique, il n'y aurait rien de tout cela. Ses mains de pixels et de terre s'y feraient.

D'ici quelques jours, le père l'emmènerait à la gare de Montbard dans le C15, ou alors carrément dans la 604 s'il n'y avait pas de verglas. Oui, la 604, large, rectangulaire, plus spacieuse que le canapé de la salle à manger ; elle serait peut-être briquée la veille, il s'agissait indéniablement d'une grande occasion, il fallait bien ça pour accompagner le traître vers la sortie. Les kilomètres le long de la Brenne, avec au-dessus le ciel rose et violet de l'aube, le continent des arbres noirs à traverser, les virages verglacés à l'ombre, un animal sauvage peut-être apparaissant dans les phares. Une chouette effraie, un blaireau. Thomas enregistrerait tout, il essaierait de graver cela dans son disque dur, ce pays entier, cette matrice qu'on disait perdue en pleine campagne. Il penserait aux « nourrices sur lieu » morvandelles, les jeunes femmes d'il y a deux siècles qui partaient elles aussi à la capitale, pour allaiter les enfants des bourgeois ; parfois, les gens du coin évoquaient cet hallucinant exode. À certains égards, rien ne changeait vraiment.

Puis la route de bitume s'élargirait, les premiers marquages au sol apparaîtraient, signe que la grande ville approchait, les ordres et la foule. Derrière, ses bagages, deux sacs à peine, gigoteraient, il emportait l'essentiel, presque rien. Juste de quoi accomplir la mission qu'on lui avait assignée. Il savait seulement que la société parisienne lui offrant un CDI était liée à des partenaires américains de la Silicon Valley. À table, l'emploi de cette formule énigmatique avait impressionné ses parents, « la Vallée », avait répété son père à voix haute comme si ce simple mot donnait un peu de consistance à cette entité nébuleuse. Dans ces conditions, celui qui marchait toute la journée dans les vallons du Morvan pouvait y croire, il la voyait presque, immense dépression géographique creusée des millions d'années plus tôt, peuplée d'enfants surdoués comme le sien. À la radio, on parlait volontiers des transfuges de classe mais pas assez des transfuges de territoire, de ceux qui trahissent les arbres, les prés, les champs.

Chaque seconde du parcours l'éloignant de plus en plus des choses familières, le fils ne la ramènerait pas, il penserait aux bruits qu'il quittait, ceux des animaux comme ceux des machines. Jean aurait en tête ce jour où le fils avait commencé à ne plus les écouter parce qu'il l'avait trop fait enfant, il n'y avait tout simplement plus la place. Dès lors, le petit n'avait plus écouté que son unité centrale. Contrairement à ce que les gens croiraient, il ne s'agissait pas d'une ascension sociale, bien au contraire : Thomas Hèvre descendait dans la salle des machines. On ne dirait rien dans la Peugeot, on aurait tous les trois un visage de cire et les larmes aux yeux. Il s'efforcerait de ne pas penser à Lucky, le chien parti l'année précédente, membre de la famille débordant d'amour qui, lui, ne pouvait s'empêcher de l'exprimer. Le déserteur se remémorerait les noms énigmatiques des hameaux et lieux-dits du coin, ses préférés, leurs panneaux parfois penchant trop bas, manquant de tomber, Island, Néron, Guillon-Terre-Plaine, Source-Seine, Chastellux-sur-Cure, Girolles, Les Écourées, et puis la ville semblant tout droit sortie de la légende arthurienne, Avallon.

*

Son destrier ne portait pas de nom. À l'intérieur, le processeur, la carte mère, la RAM, le disque dur, les câbles avaient été modifiés ou remplacés. Aucun autocollant ne souillait la structure d'aluminium et de multiples grilles d'aération empêchaient la bête de prendre feu. Le ventilateur dépassait, comme les six cylindres à plat pour les moteurs à l'arrière des Porsche 911. Il ne s'agissait pas de l'ordinateur le plus puissant du plateau, loin de là, mais c'était à coup sûr le plus agile. Thomas avait préféré ne rien customiser d'autre : toute fioriture crée de la résistance, enseigne la première des lois aérodynamiques. Le soir, si aucun programme ne tournait, il débranchait systématiquement l'ensemble – le maître d'œuvre préférait la machine reliée à rien : un coffre-fort à la porte close, une sculpture sans ornement au centre de la salle immaculée d'un musée. Le matin, il retirait les scellés et allumait l'appareil. Ensemble, ils hennissaient de bonheur.

Certains jours comme celui-ci, en attendant un ordre précis, Thomas et ses camarades s'employaient à rédiger des lignes de programme dans des langages informatiques très peu usités. Des langues mortes, dont certaines qu'on appelait « esolangues », car devenues ésotériques à force de complexité et de rareté – ce terme existait bel et bien, seulement le reste de l'humanité l'ignorait. Thomas éprouvait une tendresse particulière pour le Malbolge, un code quasi inemployable sauf à titre purement récréatif. Un certain Ben Olmstead l'avait inventé en 1998 en s'inspirant du mot « Malebolge », terme désignant le huitième cercle de l'Enfer chez Dante. Pour mesurer en un clin d'œil la complexité d'un langage, les codeurs avaient l'habitude d'effectuer une tâche : faire apparaître à l'écran la phrase « Hello World ». Or, dans ce cas précis, il fallait pour saluer le reste de l'univers programmer la ligne suivante :

```
(=<`#9]~6ZY32Vx/4Rs+0No-&Jk)"Fh}|Bcy ?` = *z]Kw %
oG4UUS0/@-ejc (:'8dc
```

Thomas la connaissait par cœur, ce qui avait soufflé ses camarades à son arrivée dans l'équipe. Il appartenait à la catégorie des faux timides : lors des premières minutes d'une rencontre, il intervenait peu, mais une fois qu'il avait bien analysé son environnement il savait à chacune de ses initiatives ou de ses prises de parole s'attirer la sympathie de son entourage. Avec une étonnante malléabilité, le jeune homme s'adaptait aux circonstances et aux changements intempestifs. Le programmeur en était convaincu, quiconque plongeait la tête dans l'univers du code ne pouvait y trouver que perfection de l'ordre composé, donné et exécuté, conditions nécessaires à la création d'un paysage intérieur. Et même, pour qui réfléchissait un peu au sens véritable des choses, derrière la rectitude, de la beauté – le langage le plus usité au monde ne portait-il pas le doux nom de « Python » avec une lettre majuscule, tel un animal mythologique et miraculeux ? Certains individus comme Olmstead et d'autres noms sans visage, habitants de villes lointaines, en étaient convaincus, au point d'inventer des idiolectes faussement inintelligibles. Contrairement aux autres, son Malbolge appartenait à la catégorie des langages ternaires, ce qui constituait déjà une révolution de taille. Ce mystérieux démiurge avait aussi créé le langage Wierd, contraction du nom du magazine *Wired*, mensuel de l'ère numérique, et de l'adjectif « *weird* » signifiant « bizarre ». Son esprit, son intelligence et son humour se trouvaient tout entiers concentrés dans ces nouvelles grammaires. Thomas et ses camarades de bureau appréciaient également une autre de ces langues zombies : le Befunge-93, d'une simplicité déconcertante lorsqu'on examinait chacune de ses commandes.

Pendant ces longues minutes, Thomas aimait observer ses collègues le sourire aux lèvres. Les huit individus travaillant au cinquième étage formaient une bande – une « société », disait-on au Moyen Âge au sujet des alchimistes. Plus tard, on l'appellerait « la bande du Programme » : ainsi l'Histoire se souviendrait-elle de ces inconnus ayant, selon le point de vue, mis fin à la capacité de l'homme à raconter sa propre histoire ou l'ayant démultipliée à l'infini. Contre toute attente, à Paris, ville du XIXe siècle, Thierry Francœur, un informaticien célèbre dans les années 80 et 90, et son équipe étaient en train de prendre de vitesse la Silicon Valley. Fût un temps, lui le bizuth aurait volontiers payé pour simplement assister à leurs travaux. Parmi les élus, le membre le plus jeune avait atteint la majorité l'année précédente et l'aîné venait de passer la barre des 35 ans. Plus âgé, Alex Hastings, leur supérieur hiérarchique, ou plutôt leur commanditaire américain originaire de la Vallée, appartenait à une autre tribu. Selon ses interlocuteurs et leurs attentes, Thomas affirmait avoir entre 24 à 31 ans, et il se souvenait de l'âge donné à chacun. On disait ce garçon grand et frêle – assurément plus mince que la moyenne, son corps aux segments longs et nerveux bougeait peu, au contraire de son regard fureteur. Il parlait volontiers mais il avait tendance à ne pas finir ses courtes phrases, laissant à son vis-à-vis le soin de les compléter ; lui caracolait devant, la conclusion lui sautant déjà aux yeux. En société, Thomas écoutait patiemment les autres et regardait le monde avec véhémence. Une passion le dévorait de l'intérieur sans qu'on pût en identifier la nature au premier abord. Avec ses cheveux coupés ras, on aurait pu le croire appartenant à l'armée française, troufion à peine arrivé sur le champ de bataille, conscient des exploits à accomplir et du peu de temps qu'il lui restait à vivre, ou futur déserteur ayant trouvé une issue au sein d'un combat perdu d'avance. La violence des tourments de l'adolescence ne l'avait pas tout à fait quitté, ce qui rendait charmants son demi-sourire permanent et ses manières gauches. Ses prunelles d'un vert clair, presque pistache, adoucissaient une figure émaciée aux traits durs. À l'instar des individus de son âge et de son milieu professionnel, il s'habillait de couleurs sombres. La neutralité passe-partout de la garde-robe de la bande constituait une protection. Sur leur visage, des zones légèrement irisées creusaient le teint pâle de ceux qui ne sortent pas assez à la lumière. À cette époque, dans cette ville immense d'Île-de-France, seuls trouvaient le sommeil les gens qui avalaient des médicaments les empêchant de vivre tout le temps éveillés.

Les huit étaient moins liés par Bound, leur employeur à qui ils consacraient la quasi-totalité de leur temps passé sur terre, que par leur appartenance à une ethnie spécifique. Si ces jeunes gens ne s'étaient pas retrouvés dans cet immeuble parisien, leur rencontre se serait de toute façon produite ailleurs, sur un forum en ligne fermé aux illettrés ne pratiquant pas leur langage, dans une autre firme ou dans un hackathon. Le lieu importait peu, car les mutants finissent toujours par se reconnaître et s'associer. C'était du moins ce qu'ils se disaient, chacun se pensant élu. La réalité était moins glorieuse. Au moment de leur embauche, ils avaient signé une batterie de *non-disclosure agreements* particulièrement élaborés sans les avoir fait relire par un avocat : il s'agissait de cacher à la concurrence et au marché la nature de leur projet. En réalité, Bound cherchait surtout à se protéger des conséquences cataclysmiques, aussi bien économiques qu'éthiques, que ne manquerait pas de provoquer la mise sur le marché du Programme.

L'immeuble, un bâtiment gris d'une carnation neuve, brillante, presque anthracite, semblait avoir été construit pour eux. Chaque étage regroupait des dizaines d'unités centrales et trois niveaux étaient entièrement dévolus aux serveurs et à leur refroidissement, les experts travaillant là devaient consommer autant d'électricité qu'une centrale nucléaire en produisait. Les autres édifices des alentours, près de la porte de Vincennes, au bord du bois du même nom, vaste parc déplumé où les nourrices baladaient des enfants en poussette et où des prostituées faisaient leurs affaires plus loin dans des camionnettes, paraissaient vieux, décatis, noircis de pollution. Quelques-uns étaient composés de briques rouges, vestiges de cités ouvrières et d'ateliers vieux d'un siècle où résidaient les employés du secteur tertiaire. Plus au nord, le long du boulevard circulaire, les services secrets de l'État français logeaient derrière des murs épais surmontés d'antennes de toutes sortes. Les passants circulaient à proximité, vaquant à leurs insignifiantes occupations, sans se douter que d'immenses yeux et oreilles écoutaient et étudiaient chaque portion de vie susceptible d'avoir un lien imaginaire ou réel avec les intérêts du pays.

Au cinquième étage, le monoxyde de carbone des gaz d'échappement glissait sur eux comme la pluie, laissant aux quatre coins de la baie vitrée le dessin d'infimes arabesques. Thomas n'aurait pas été surpris d'apprendre qu'au sous-sol leur patron américain, Alex Hastings, avait fait installer des réacteurs afin qu'en cas de problème majeur, inondation, incendie ou guerre, leur bâtiment puisse décoller et que, stabilisés à quelques centaines de mètres de hauteur au-dessus de la grisaille, ses employés puissent continuer à travailler en paix dans le ciel.

Thomas et les codeurs se tenaient assis le long d'une immense table rectangulaire en matière synthétique composée de pupitres imbriqués les uns dans les autres ; au besoin, grâce à des roulettes, chacun pouvait se détacher de l'ensemble. Le premier jour, ses camarades n'avaient pas remarqué son arrivée : ils n'avaient pas quitté les yeux de leur écran, le prenant sans doute pour un coursier. Le dernier animal adopté par la meute n'aurait su dire ce que ces mâles et ces femelles avaient en commun si ce n'est que chacun appartenait absolument à l'époque puisqu'il travaillait avec application à sa manufacture. À tous, leur recruteur, le dénommé Francœur, avait affirmé lors de leur première rencontre qu'ils constituaient une avant-garde. À l'écouter, l'Avant-Garde même. Dans les grandes écoles, on disait la même chose aux élèves le jour de leur arrivée, eux qui, toute leur vie durant, veilleraient pourtant à n'absolument rien changer à l'environnement qui les avait vus naître.

À la campagne, chez Papa et Maman, à l'ombre des arbres et au bord de la rivière, là où quelques grands-ducs se cachaient, Thomas faisait sans le savoir déjà partie de la clique, les yeux plantés dans l'écran et la tête aspirée à l'intérieur, traversé de signaux, de lignes, d'ordres. Les habitants de la grande ville, hommes et femmes de la foule, ne les voyaient pas. Ces êtres composés de sable, de celui coulant entre les doigts que le crachin balayait, ne cessaient de bouger, ils commutaient, ils couraient, ils allaient chercher leurs enfants à l'école, leur voiture au parking, ils faisaient leurs courses ; toujours en retard, glissant sur les plaques de pluie luisantes, ils se pressaient. Ce n'étaient aux yeux de Thomas et de ses camarades que des « PNJ », des « personnages non joueurs », des figurants fourmillant dans le décor mais ne participant en aucune façon au seul qui comptât, leur grand œuvre. Au-dessus d'eux, en silence, puissante et immobile, la bande érigeait un monument. Bientôt, celui-ci viendrait se poser comme une écorce sur le globe, et les individus friables leur en seraient reconnaissants. Là-haut, dans leur cercueil de verre, chacun relié aux autres, invisibles, cachés, tissant cette nouvelle toile, Thomas et les siens incarnaient les huit pattes de l'araignée.

Chez Bound, le silence offrait la plus efficace des opacités. Non seulement les employés ne pouvaient révéler la nature exacte de leur travail à l'extérieur du sarcophage, mais ils en ignoraient la véritable signification. Pas plus que les centaines de sous-traitants, entreprises prestataires installées aux quatre coins du globe et en particulier en Corée du Sud, ils ne savaient que les ordres complexes passés afin de créer de futurs objets et sujets au cœur de la réalité étaient destinés non à d'autres ordinateurs, à des smartphones, ni même à des casques de réalité virtuelle ou à des lunettes connectées, mais à des implants neuronaux. La révélation sur ce que Francœur nommait le « mécanisme absolu » viendrait, mais le plus tard possible. En quelque sorte, la bande inventait pour les cerveaux volontaires des apparitions définitives, des appendices, des présences d'un nouvel ordre, suppléments à notre réalité, sorte de surplus à la vie enchâssés dans la vie elle-même. Mieux encore, en fonction du type d'implant choisi, les adeptes pourraient interagir avec ceux-ci. Une vaste gamme d'échanges possibles, du plus rudimentaire au plus sophistiqué, avait été élaborée et, bien entendu, seules les personnes capables d'acquitter un abonnement mensuel au coût exorbitant auraient accès à une communication permanente avec ces fantômes d'un nouveau genre. S'il avait fallu expliquer cela à des novices, Thomas aurait dit que, après avoir vu apparaître des Pokémon sur l'écran des smartphones une dizaine d'années plus tôt, on les verrait enfin au coin des rues, dans le bus, dans sa cuisine, sur la plage, et que plutôt que de se laisser capturer sur l'écran d'un smartphone ceux-ci converseraient avec nous. La population connaissait si peu les mécanismes de l'informatique, de la création d'images et des langages nécessaires à son élaboration que, selon Francœur, elle était comme ces moujiks qui, un siècle plus tôt, avaient chassé à coups de torche l'opérateur Lumière venu à Nijni-Novgorod assurer la première projection d'images animées au bord de la Volga. Les Tartares, Mandchous, Cosaques et Kirghiz n'étaient pas au bout de leurs peines : grâce à l'oracle français et à son camarade américain Hastings, Bound avait réuni de nouveaux sorciers qui, leurs forces rassemblées, feraient tomber le mur qui depuis des siècles séparait la fiction de la réalité. Ils allaient tout bonnement pixéliser le monde.

Après avoir subi une opération bénigne, l'utilisateur du Programme verrait le monde non plus tel qu'il était mais tel que lui l'imaginait, avec des ajouts prédéfinis, composés sur mesure en partenariat avec les géants Disney, Warner, Marvel, Sony, Ghibli, Shueisha et autres. L'implant modifierait ce que le client – on ne dirait pas « implanté », le mot était proscrit – verrait et, de fait, ce qu'il ressentirait. Son expérience ne pourrait être partagée que par les personnes ayant fait des choix identiques parmi l'immense catalogue que Thomas et ses complices façonnaient. À partir d'une bible répertoriant créatures, scénarios et interactions possibles, la bande fabriquait une interface invisible, un médicament virtuel, une prothèse destinée à corriger la vie elle-même. Quiconque aimait l'univers des films noirs verrait vamps, privés, gangsters et véhicules des années 40 apparaître au coin des rues de sa ville, tandis que d'autres craindraient les descentes de Stormtroopers dans le métro ou la présence d'aliens au fond de leur cave. Aux États-Unis, des cabinets de juristes avaient secrètement négocié pendant des mois d'onéreux partenariats avec les majors de l'industrie du divertissement. Une clause de l'accord global signé entre les studios et le syndicat des acteurs américains à l'issue de la grève de 2023 leur avait ouvert la voie : les acteurs et actrices qu'une « réplique numérique » allait remplacer à l'écran seraient payés en contrepartie. La Guilde des acteurs s'en était alors félicitée et avait voté à 86 % en faveur de ce compromis. Ainsi, en échange d'un maigre intéressement, le principe des doubles virtuels avait été entériné. La profession venait là de signer son arrêt de mort, d'autant plus qu'une autre clause du texte autorisait les studios à créer leurs propres « interprètes de synthèse » en n'exigeant un accord préalable des acteurs qu'en cas de ressemblance flagrante avec le visage originel : à défaut de pouvoir les dupliquer à l'identique, les studios et les plateformes pourraient s'en inspirer à loisir. Mieux encore, d'autres exceptions contractuelles leur permettaient d'employer des « répliques numériques » sans l'accord des individus en cas de « satire, parodie, docudrama, travail historique ou bibliographique ». La boîte de Pandore était grande ouverte.

Ainsi, Hollywood pouvait déjà louer à prix d'or certaines de ses créations à Bound dans l'espoir de fidéliser à vie les jeunes consommateurs qui allaient se précipiter sur cette nouvelle technologie, étant entendu que quiconque verrait apparaître Luffy, Chihiro, Dark Vador, Corto Maltese, Harry Potter à son domicile ou dans une salle de réunion ne pourrait plus jamais s'en passer. Des décennies de coûteuses productions de films, de séries, de livres et de bandes dessinées trouveraient là une forme d'aboutissement inespéré. En échange, Bound donnait aux majors un accès aux rêves et aux fantasmes de leurs clients. Inutile d'attendre que les intelligences artificielles décodent leur activité cérébrale, Hollywood serait déjà à l'intérieur. Le coup de génie des fondateurs, l'Américain Alex Hastings et le Français Thierry Francœur, avait été d'anticiper la peur puis la haine que généraient les IA auprès d'une partie du public. Aussi, leur technologie serait vendue comme « post-IA », comme une revanche de l'imagination humaine sur les machines. Sinon que, sous prétexte de donner accès à leur catalogue de personnages, les studios et les plateformes pourraient étudier à loisir comment les clients formulaient leurs histoires et en aspirer les millions de données. L'industrie du divertissement allait définitivement infiltrer l'imagination des consommateurs, en devenir propriétaire et la monétiser. Un hold-up unique dans l'histoire de l'humanité. En définitive, le mot « Programme » signifiait que l'utilisateur pourrait programmer ses rêves, mais aussi que les industriels auraient désormais accès à leur code source. D'autres hallucinations seraient uniquement sonores ou picturales, les clients plus âgés pourraient par exemple remplacer les panneaux publicitaires par des tableaux de maître. Cette brèche en entraînerait d'autres, et pas seulement dans la perception de notre environnement. À quoi bon continuer à produire des films quand les spectateurs potentiels jouaient déjà une partie de leur vie dans le leur ?

Nul ne pouvait imaginer les conséquences d'un tel bouleversement, et surtout pas les membres de la bande, qui auraient eu trop peur de découvrir qu'ils fabriquaient une bombe à fragmentation.

II

Insertion

Le jour de son arrivée chez Bound, Thomas était d'abord resté une heure assis dans le café en bas au coin de la rue, intimidé. Des clients remplissaient des grilles de Loto, d'autres entamaient une longue plongée vers l'ivresse, fixée sur un mur une télévision retransmettait les images vides d'une chaîne d'information. Dans ces établissements sans âme, le café acide brûlait le ventre, les viennoiseries sortaient du four à micro-ondes et ce qui tenait lieu de repas coupait à peine la faim. Les consommateurs avaient renoncé à aller chercher ce qui méritait de l'être, ils préféraient péricliter dans un lieu familier. Devant, sur le trottoir, on avait tagué en rose fluo de mystérieux assemblages de lettres et de chiffres. Des pistes d'atterrissage pour drones, peut-être des codes à l'intention des dealers si ce quartier en recelait, ou des indications destinées aux ouvriers qui perceraient bientôt la surface pour en révéler tuyaux, artères et précieux conduits. Thomas, son sac contenant son unité centrale posé à ses pieds, avalait café après café, tartine après croissant, observant avec avidité qui entrait dans l'immeuble

– personne en l'occurrence ce matin-là –, jusqu'à ce que l'impétrant comprenne que ses futurs collègues avaient tout bonnement dormi sur place.

La bande aurait pu vivre là, dans l'immeuble-fusée transparent où chaque étage disposait d'une cuisine équipée, d'une salle de sieste et de douches que nul n'osait utiliser, sauf en cas d'importante *deadline*. Il y en aurait justement une le prochain week-end, lui avait annoncé Francœur le recruteur, car ils atteignaient la périlleuse avant-dernière étape avant la mise en orbite du Programme. Leur temps n'était pas découpé en journées mais en de multiples paliers numérotés avec des lettres minuscules et des chiffres – Thomas arrivait au commencement de la phase 3a1 –, et chacun suivait cette boussole.

Une fois que ses pupilles avaient été analysées et identifiées par un discret scanner placé à la hauteur de l'interphone, le visiteur pouvait pénétrer dans le bâtiment. Une courte ascension dans un ascenseur totalement silencieux menait à l'étage primordial, le cinquième. Le jour de signature des contrats d'embauche, le dénommé Francœur, informaticien légendaire d'origine bretonne, fils de militaire ayant rompu avec sa famille, photographiait longuement les yeux de chaque nouveau salarié. « Il s'agit, avait-il dit à Thomas d'un air amusé, de votre carte d'identité, ou plutôt de votre passeport. N'y vois aucun hasard, le nerf optique et le cortex visuel sont la clef de tout. Le XXe siècle était un siècle à mains, c'est bien fini. » Le vieil homme, qui se dépeignait comme « créateur de machines désirables », avait posé face à son œil droit puis gauche un appareil dont le nouvel arrivant n'aurait su dire s'il s'agissait d'un appareil photo, d'une caméra ou d'un scanner. L'engin avançait lentement, enregistrant chaque infime détail de son organe « à 10^{-7} millimètres près ». « Pourquoi, mon chéri ? roucoulait Francœur comme un vieux pervers. Mais parce que, Thomas, tu as les yeux les plus précieux du monde, ça même tes parents ne le savent pas, tu vois ce que personne d'autre n'est capable de voir, et surtout pas un objectif comme celui-ci. En cela, tu es ni plus ni moins que notre Cheval de Troie, celui qui fera tomber le mur dressé entre la réalité et la fiction. Et cette fois-ci, Laocoon et Cassandre ignorent ton existence… »

À la sortie de la double porte coulissante, un tableau blanc accueillait le nouveau venu. Avant de partir, le plus souvent en pleine nuit, Pierre, le numéro 2, frêle silhouette sous une épaisse chemise à carreaux, y notait leur progression. Lui seul et Thomas conversaient directement avec Francœur, le Père, avec l'Américain Alex Hastings, le prophétique Fils, et avec le dernier élément de la Trinité, cet étrange Saint-Esprit né quelque part dans la Silicon Valley et venu miraculeusement jusqu'à eux. Selon leur avancée ou les retards, le responsable de la planification employait des feutres de couleurs différentes – les pionniers travaillaient tout bonnement à l'école. Parmi la bande, il était le seul à connaître chacun des partenariats signés avec les majors mais aussi à savoir quels scénarios, d'après les premières données statistiques disponibles, seraient prisés par la majorité des utilisateurs et quelles narrations leur équipe devait privilégier pour les abonnements les plus onéreux.

À l'étage, du silence, d'un large bloc de silence de deux ou trois mètres d'épaisseur, émergeaient d'infimes bulles de bruit flottant autour de chaque casque. S'en échappaient quelques filaments de chansons, des musiques de films, des riffs, des beats de toutes sortes, des chœurs, le tout pressurisé, compressé, filtré. De temps à autre, de sous les énormes demi-cercles noirs couvrant leurs oreilles, des rires fusaient, des injures à l'intention de ceux qui venaient de commettre une erreur, des sifflements, des onomatopées ; parfois certains tapaient du poing sur la table. Sur les écrans défilaient d'innombrables lignes de programme ou tournaient au ralenti les silhouettes pixellisées de personnages célèbres. Des super-héros, des animaux extraordinaires, des robots, des extraterrestres, des aventuriers grotesques parce que arrêtés dans leur élan : un véritable catalogue anthropométrique de protagonistes disponibles pour des clients de toutes origines et de tout âge.

Plusieurs fois par jour, les membres de la bande s'échappaient sur la terrasse, appelée le « fumoir ». Des mégots de cigarettes tapissaient le sol, rétrécis, tordus, cassés, recroquevillés comme des enfants momifiés dans une tombe égyptienne – personne ne vidait les gobelets-cendriers assez vite. Étonnamment, la jeune équipe sacrifiait à cette tradition ancienne. Ils sortaient pour aspirer la fumée du ciel, à peine plus belle, teintée de bleu. La leur chargée de suie, ils la crachaient vers le haut avec délectation, ils faisaient des ronds avec, ils apaisaient l'incendie les consumant depuis des mois. À leurs pieds, la ville figée et les fourmis. Le soir, les lumières froides des phares dans les rues constellaient la vue tout comme, au-dessus, les lampes chaudes et douces derrière les rideaux dans les appartements. Thomas aimait cette terrasse, le vent y venait parfois par bourrasques, pas celui d'avant mais un autre, tourbillonnant, bref et mesquin, qui n'annonçait rien. Les adeptes de la cigarette électronique fumaient, eux, le plus souvent à l'intérieur. Ils constituaient un autre sous-groupe, ils n'avaient plus besoin du dehors.

*

Au cours de ses premières semaines à Paris, les parents de Thomas lui avaient demandé de s'inscrire sur les réseaux sociaux. Eux venaient de le faire, ils avaient même acheté un ordinateur pour ça et pour, disaient-ils, optimiser leur comptabilité. Le fils n'en revenait pas : ils voulaient parler sa langue à lui. Mais les sentiments, les siens comme sa compréhension de ceux des autres, lui parvenaient trop tard. Il attribuait cela à sa jeunesse et au fait d'avoir grandi à la campagne, où on les manifeste peu ; il croyait à tort qu'à la ville les flammes étaient plus visibles. Pourtant tout palpitait à la ferme, on vivait entouré de cœurs battants, ceux lourds des animaux dans les prés, ceux vrombissant des insectes, et du pouls infime des plantes tout autour. Sans parler des saisons, ombres immenses qui engloutissaient le jour comme la nuit. Il aurait aimé pressentir, devenir ce qui se cachait à l'intérieur des hommes et des femmes. C'est pourquoi, à son arrivée à Paris, il avait parlé au plus de monde possible, il saisissait la moindre phrase au vol – il ne fallait absolument pas se recroqueviller sur soi sinon la ville vous oubliait, vous disparaissiez littéralement. Cela lui faisait mal d'imaginer un PC là-bas, acheté à coup sûr à l'Intermarché où un vendeur avait dû les embobiner, posé sur la petite table dans un coin de la salle à manger avec ses parents devant à tour de rôle, chacun déployant à son égard des gestes lents et solennels, sans qu'il pût leur expliquer comment le manipuler avec précision. Il aurait pu leur noter les raccourcis clavier sur une feuille que sa mère consulterait après avoir chaussé ses lunettes. Thomas leur avait demandé quel modèle ils avaient choisi, ils l'ignoraient. Lors de son prochain passage, il le configurerait.

Le fils n'avait pas de temps à consacrer aux réseaux sociaux. Même au plus fort de l'emprise de Facebook, Twitter et Instagram, il n'avait jamais cru aux *likes*, aux commentaires, et cette grande comédie était révolue. Un architecte ne se préoccupe pas des boutons de porte, il a un temple à bâtir. Le grand public, passant d'un réseau à l'autre au gré de leur obsolescence, se maquillait, ils maquillaient tout. Lui travaillait dessous. Ses collègues eux aussi communiquaient peu avec leur famille ou leur entourage, chacun se vivait comme un orphelin en puissance, un exilé ou une individualité se suffisant à elle-même, trop occupé ou incapable d'affronter l'espace séparant les solitaires du reste de la foule. Comme d'autres firmes, Bound se nourrissait de ce type de personnalité : les pupilles ont toujours fait de bons soldats, de ceux qu'on peut aisément envoyer en première ligne. Les membres de la bande résidaient sous les textes et les images, dans les câbles mêmes, fer à souder à la main et masque de protection sur le visage, au cœur de la fibre, séparant les fils bleus des verts et des jaunes. Pour Thomas et les siens, il n'y avait rien à montrer, il fallait coder, lire et relire chaque ligne du Programme, bâtir d'autres ponts, tendre des câbles jusqu'au soleil.

Si la nature de leur mission était d'une clarté lumineuse, aucun d'entre eux n'avait reçu de formation spécifique lui indiquant comment l'accomplir ni quels errements il lui faudrait éviter sur le chemin. Comme Thomas s'y attendait, la notion de RH dans une équipe aussi restreinte était tout bonnement absente malgré l'ampleur de la tâche et la pression s'exerçant sur eux.

*

Ils tournaient en rond. À la campagne, on tourne toujours en rond, c'est une question de cycle, de sillon, de saison, les animaux naissent et meurent, comme les paysans et leurs machines. Mais cette fois-ci ils se voyaient tourner. Une fois Thomas parti, une éventualité à laquelle les Hèvre auraient cru être préparés depuis des lustres, ses parents ne firent plus les milliers de gestes qu'ils devaient accomplir chaque jour que mécaniquement. Il manquait un fluide, une huile pour accompagner chaque mouvement. Une sécheresse, une sécheresse infinie : c'était ainsi que sa mère ressentait la chose. L'entièreté du bocage avait perdu de sa force vitale, autour d'eux les choses, flore et faune confondues, ne tenaient plus que par habitude. Du temps s'était écoulé pourtant, des semaines, des mois, chacun s'efforçait d'oublier la date et de ne pas, en passant dans le couloir, regarder l'intérieur inchangé de sa chambre. Son absence les occupait et pour la première fois de leur vie ils dormaient mal, la fatigue ne suffisait plus à les éteindre la nuit. Cela n'avait rien à voir avec le jour où leur chien Lucky était parti au pays où les bêtes cessent d'aboyer. Ils avaient pleuré alors, il avait fallu l'enterrer, choisir l'emplacement, soulever la terre et, les premiers jours, le savoir en train de fondre sous leurs yeux. On ne pleure pas ce genre de départ, on ne pleure pas les rapts d'enfants adultes, pas plus qu'on ne prie contre de pareilles forces. À la saison sèche, une autre peur avait creusé leurs solitudes, la certitude que tôt ou tard, d'ici cinq, dix, vingt ou trente ans, il leur faudrait fermer boutique, vendre la ferme au plus offrant ou en faire autre chose. Pas un gîte : ils les tenaient en horreur, ils en avaient vu trop masquer la misère dans les lieux-dits alentour.

Autour d'eux, les trains semblaient arriver moins fréquemment, les gares de Manlay et Montbard avaient rétréci, ils en étaient certains alors qu'ils n'y avaient jamais attendu que de lointains cousins. Désormais, ils connaissaient les horaires des arrivées, les gens descendaient avec peu de bagages, des étudiants, des soldats en perm et des vieux partis se faire examiner par les médecins de la capitale. De la même manière, les voix sortant à heures fixes du poste de radio prenaient plus de place qu'avant dans la cuisine, elles venaient de Paris alors ils tendaient un peu plus l'oreille des fois que Thomas serait mentionné. On ne savait jamais ce qui se passait là-haut ni dans son métier à lui, mystère ajouté au mystère des activités humaines hors-sol. Le poste de télévision posé dans un coin du salon, ils le regardaient un peu plus longtemps le soir, les images dans le rectangle les distrayaient. Ils n'y croyaient pas vraiment, ils faisaient semblant, on n'influence pas les pierres.

Quand un véhicule descendait le chemin à flanc de coteau, tous deux tournaient la tête, il arrivait même au père de couper le contact du tracteur – on ne remplacerait pas le Fiat 90-90 DT, il irait jusqu'au bout de sa vie de Fiat. Jean retournait régulièrement à la chasse alors qu'il n'avait jamais pris cela trop au sérieux, ne revêtant même pas une tenue de camouflage, comme s'il savait que certains animaux n'évitent pas les décharges de plomb. Il semblait à son épouse que son mari y demeurait plus longtemps, dans les futaies autour, plus loin, aux abords des autres fermes, peut-être caché derrière un arbre à attendre une bête prodigieuse qui ne viendrait jamais. À moins qu'il ne traque de nouvelles espèces, ou qu'il ne fouille les grottes des alentours, là où aucun trésor n'avait jamais été trouvé. Les jeunes du coin aimaient y faire les cons la nuit ; le père sans souffle depuis l'absence de son fils y cherchait sans doute sa trace : un graffiti, un reste de feu de camp, des détritus. Lui qui venait seulement de comprendre que la vie ôte deux fois l'enfance, la vôtre, inoubliable bulle de bonheur ne cessant de se rappeler à vous, puis celle de votre progéniture coupée net à la hache, une autre idée le rendait fou désormais : si l'ampérage du disjoncteur avait été différent dans la maison, jamais son fils n'aurait pu travailler avec un matériel si puissant, et sans ce compteur triphasé il aurait encore à coup sûr été parmi eux.

Occupée à équeuter les haricots verts qu'elle tirait machinalement de son tablier, la mère voyait un peu plus loin encore, elle pensait à bien après, à quand l'un d'eux aurait l'agonie du conjoint à gérer. Suzanne aurait aimé savoir qui allait perdre la boule en premier, afin de pouvoir s'organiser en conséquence. Surtout, elle redoutait que son mari ne fasse bientôt la même erreur que les gars de la région : le bar du village attendait tous les déçus de quelque chose, et une fois ceux-ci entrés il ne les rendait jamais. Lui avait toujours tenu bon, trop occupé, la tête dans le guidon, mais maintenant elle ne jurait plus de rien, les malheurs vivent en meute, tout le monde sait cela. Elle revisitait le passé aussi, elle le décousait comme elle le faisait parfois de certains habits pour les reprendre.

Une nuit, elle avait identifié le début de la chute, le moment où l'édifice de leur vie avait commencé à se démanteler.

Le premier morceau avait basculé bien avant que Thomas ne parte, cela était presque passé inaperçu alors, ça datait du jour où le boulanger n'était plus descendu avec sa camionnette. Plus de boîtes de conserve, de paquets de pâtes, de sucre et de pain à acheter une fois par semaine, plus de tire-bouchon ni d'allumettes, plus de café, plus d'ustensiles d'aucune sorte. Plus de conversations sur tout et rien, surtout sur les voisins et les autres villages, sur les mauvaises habitudes des uns, sur le facteur qui poussait sa Kangoo à fond quand il avait un coup dans le nez, sur l'état des routes, sur les blaireaux qu'on croisait l'automne et le corps vert et jaune des couleuvres l'été. Plus de coups de Klaxon annonçant que le véhicule rempli d'indispensables et coûteuses victuailles dévalait la pente accompagné par le son de l'autoradio. Les Hèvre croyaient avoir pris racine et pourtant les décennies passées à creuser la glèbe ne suffisaient pas. Depuis toujours, le temps luttait contre l'espace, mais cette fois-ci il avait gagné.

Après, il y avait eu l'arrivée des premières boules de gui. Cette plante équipée de suçoirs envahissait les branches des peupliers puis celles des autres arbres, ce parasite qu'on ne pouvait déloger aspirait la sève, l'eau et les sels minéraux jusqu'à épuisement. Signe de la perversion du monstre, cette créature de malheur que seuls les chênes, les hêtres et les platanes parvenaient à repousser se contaminait parfois elle-même.

Plus tard, ç'avait été au tour des hommes de perdre la raison. Certains voisins avaient commencé à couper les chênes les plus anciens pour en vendre le bois. Un sacrifice inimaginable, car chacun savait qu'ils protégeaient de tout, que, grâce à leur ombre et leur puissance, la forêt continuait d'advenir. Certains anciens, dans un de leurs moments d'extra-lucidité, prophétisaient même que la pluie ne tomberait plus que là où il resterait des arbres.

Quelque chose avait changé, les frelons asiatiques, les punaises des céréales et d'autres insectes inconnus avaient aussi fait leur apparition, comme les plaies d'Égypte. Chacun en ignorait la cause – les causes n'ont jamais intéressé personne à la campagne, ça devient l'affaire de la nature, de Dieu, des autres ou du destin, ce qui arrange tout le monde. Même à la ville on sentait poindre une forme de déséquilibre, les cités, grandes et petites, commençaient, paraît-il, à se vider et à s'effondrer sur elles-mêmes. Aussi, Suzanne avait remarqué une chose en faisant les courses au supermarché : plus les grandes surfaces grossissaient, plus les produits à l'intérieur rétrécissaient, elle l'aurait juré.

Une nuit, au fond de son ressassement, elle avait fini par débusquer une absence plus ancienne encore. Celle d'un fils d'avant, bien avant, celui-ci, celle d'un enfant parti lui aussi dans la mesure où il n'avait jamais vu le jour, un enfant dont ils avaient réussi à oublier le prénom providentiel et l'éventualité à force de jeter des couches de plâtre dessus. Il aurait pu reprendre la ferme, lui, il n'aurait pas été aspiré par on ne savait quoi. Quand on est paysan, on est toujours en deuil, on naît et on meurt à la ferme, au pire dans les bosquets pas loin, à portée de regard. Les animaux finissaient eux aussi par crever un à un et ceux qui échappaient à l'abattoir du Grand Autunois tombaient criblés de plomb dans l'assiette. Sans parler des maladies de toutes sortes, des microbes qui foutaient en l'air les récoltes, tôt ou tard même les arbres tombaient. Parfois, il leur semblait que la nuit gagnait du terrain et que, le soir, elle les laissait plus longtemps face à eux-mêmes. Depuis le départ de Thomas, si un matin on avait annoncé dans le poste de radio une guerre prochaine, une venue de n'importe quelle direction, du nord peut-être même, qui sait ?, ils n'auraient pas été plus surpris que cela. En attendant, comme les vaches sur lesquelles ils concentraient toute leur attention désormais, l'épouse et l'époux passaient leurs journées à ruminer.

III

Facteur X

Toute l'histoire humaine, ce défilé de créatures miraculeuses, de savants et de philosophes hirsutes, de princes et de courtisanes drapés d'or, de guerriers en armure, de voyageurs chevauchant à travers les steppes et au-delà des montagnes, et à leur suite ces milliards d'anonymes se pliant tout au long des siècles aux ordres de toutes sortes, n'était qu'une simple affaire de colonisation. C'était ainsi que Thierry Francœur voyait les choses, les yeux plantés dans le ciel orangé écrasant les eaux du golfe du Bengale où quelques corbeaux erraient. Son père, un être à la nuque raide, était sans doute passé par là, lui qui avait parcouru toutes les mers du monde à la recherche de l'honneur perdu des officiers après l'Indochine et l'Algérie. Son fils obèse venait de se baigner tout habillé dans un immense bassin cerné de palmiers qu'on pouvait prendre pour la mer et de l'eau coulait de sa chemise sur les lattes de teck.

La planète Terre ? Colonisée. La nature, les plantes, les fleuves, les mers, les forêts ? Colonisés à leur tour. Les individus, les huttes puis les villages qui les abritaient, les villes,

les territoires, les pays enfin, les nations ? Colonisés, avec certes plus ou moins de résistance. L'esclavage et le travail avaient rompu les corps comme les religions les âmes. Après, cela n'avait jamais vraiment cessé, et une fois la totalité du monde soumise à ces forces l'homme n'avait plus qu'à retourner l'arme contre lui-même. Ainsi, au siècle dernier, les idéologies avaient conquis l'esprit, le cinéma les yeux, et depuis quelques décennies c'était au cerveau de céder sous les coups des algorithmes. Francœur et ses cavaliers de l'Apocalypse allaient ajouter un autre outil à l'arsenal, une espèce de bijou qu'hommes et femmes porteraient fièrement à la boutonnière sous leur boîte crânienne.

Colon, cela lui allait tout à fait. Ce fils d'un commandant de la Marine avait toujours ouvert des brèches dans l'imagination de ses contemporains pour y faire pénétrer la sienne. Surtout, il avait su rallier d'autres surdoués à sa cause, notamment Hastings et ses investisseurs aux poches profondes, mais aussi la bande du 12ᵉ arrondissement et leur superviseur de génie, Thomas Hèvre. Depuis la nuit des temps, quelques individus rêvaient pour les autres et leur fournissaient des adjuvants afin qu'ils échappent à leur tour à leur condition. Au milieu du bassin d'un palace de Pondichéry, le gros bonhomme riait, il riait de se voir fondre ainsi au crépuscule, assis sur toutes les règles de la bienséance.

Il fallait prendre du recul, voir au-delà des limites habituelles. C'était ce que Francœur ne cessait de répéter à ses clients lorsque ceux-ci le payaient des centaines de milliers de dollars pour l'entendre ergoter pendant quelques heures. Les grands patrons ne plissaient jamais suffisamment les yeux. Les deux entrepreneurs qui lui rendaient visite ce jour-là appartenaient à une catégorie inférieure, ils ignoraient même posséder une information vitale pour le Programme avant que Bound ne les contacte. Contre quelques millions, le consultant avait exigé d'eux qu'ils lui remettent en main propre un gros fichier imprimé doublé d'une clef USB cryptée. À Paris et dans la Silicon Valley, quelques VIP triés sur le volet avaient déjà acquis le statut d'« alpha-testeurs » du Programme, mais au regard des risques pris pour expérimenter l'outil révolutionnaire il fallait également de discrets « bêta-testeurs ». Depuis plusieurs décennies, l'Inde fournissait à l'industrie pharmaceutique mondiale d'excellents cobayes et dans ce marché de la chair humaine Francœur était venu acheter des dizaines de kamikazes. Une fois leur test achevé, on pratiquerait sur eux une nouvelle opération afin de leur retirer l'implant ; toutefois, les séquelles étant mal connues, Bound pariait sur le fait que les implantés préféreraient mettre l'appareil en veille plutôt que de subir une nouvelle opération. Bien qu'il s'agît à ses yeux des « cobayes les plus chers du monde », c'était avec le recrutement du petit Hèvre leur meilleur investissement : grâce à cette liste de noms et d'adresses ne pesant que quelques gigas, l'expansion du Programme allait s'accélérer, bientôt les héros inventés à Hollywood, Londres ou Bruxelles seraient partout, chaque utilisateur devenant son propre studio de cinéma.

Mais Francœur et son camarade Hastings voyaient plus loin encore – il suffisait de connaître l'histoire de Pondichéry. Siège d'une métamorphose, ce village de pêcheurs acheté trois siècles et demi plus tôt par un certain François Martin, fils d'un marchand de la Halle à Paris employé comme simple commis de la Compagnie des Indes orientales, était devenu port de commerce puis ville. Ses denrées – riz, coton, toiles, guinées, étoffes – avaient traversé les mers et conquis l'Europe. Aux yeux de l'Américain et du Français, les ressources de l'esprit avaient déjà remplacé les ressources naturelles, les nombres supplantaient les lettres, bientôt les calculs prendraient la place des prières, il ne s'agissait au fond que d'un simple changement de jeu d'écritures. La seconde phase du projet de Bound et de sa maison mère Coda pourrait alors commencer et celle-ci avait précisément à voir avec cette ville lorsqu'elle s'appelait encore Vedhapuram. Malgré son esprit de conquête, François Martin avait négligé un des actifs de ce lieu offert à tous. Chacun pouvait consulter les védas, ces textes religieux anciens, ou se les faire expliquer, c'était *open source* et personne hormis les fidèles n'avait songé à s'y plonger. Francœur si. Après les personnages de fiction, il faudrait bientôt de la place dans les serveurs de Bound pour les divinités hindouistes, celles évoquées dans les védas justement, or il en existait des milliers. Celui qui passait pour un touriste excentrique allait profiter de son séjour pour chercher auprès des brahmanes un index répertoriant ces créatures. À terme, le sous-continent indien représenterait le plus grand marché du monde. Les autres déités, celles nées des religions du Livre notamment, viendraient ensuite. Leur création exigerait de colossales négociations pendant des années, mais face à l'hindouisme, peu avare en représentations, elles aussi finiraient par céder. Seuls Hastings, Francœur et quelques actionnaires connaissaient cette dimension du business plan.

*

Elle était là. Ses pas résonnaient dans le couloir, de courts talons claquaient légèrement sur le parquet et, sur son passage, les tissus l'habillant frémissaient l'un contre l'autre. Cela suffit à le mettre en joie, car Thomas l'attendait. Depuis qu'il habitait cet appartement à quelques rues de Bound, la nuit venue, il ne faisait que cela. Autour d'eux, l'immeuble haussmannien à la façade rénovée trônait majestueusement et silencieusement. Seul le dernier étage où ils vivaient chacun de leur côté dans l'ignorance feinte de l'autre évoquait encore les chambres de service du siècle dernier, les bonnes, les immigrés ou les juifs, tous ceux qu'on avait toujours cachés dans cette ville. La voisine posa son sac par terre et ouvrit sa porte – la besace pesait lourd et il en ignorait le contenu. À travers le judas, il la vit toute déformée sur la droite. Tout juste la couleur de sa tenue, un manteau grège, presque blanc, avec possiblement une robe longue dessous. Pas ses jambes. La porte se referma, elle ne la verrouilla pas. À pas de loup, il se dirigea vers la chambre, suivant à la piste le bruit léger du bois qui craquait. Le placard du fond était ouvert, à l'intérieur, penché sur ses affaires suspendues à la tringle, l'oreille posée contre le mur, il l'entendit à nouveau. Elle devait se déshabiller, à tous les coups elle allait prendre une douche et l'eau coulerait sur sa chair qu'il se figurait laiteuse.

Si elle avait vécu dans le troisième appartement de l'étage, celui situé à l'autre bout du couloir, qui donnait comme le sien sur la cour intérieure, Thomas aurait pu constamment la voir à travers les fenêtres et il en serait devenu fou. Il ne devait pas se faire surprendre, il en crèverait de honte. Le jeune homme savait très peu de choses de sa voisine, alors il imaginait tout. Il tenait pour certain le fait qu'elle était grande, gracieuse et gracile et que par intermittence son visage ovale aux yeux légèrement plissés faisait apparaître des fossettes sous ses pommettes. Elle devait rougir facilement, car elle avait, croyait-il, la peau aussi délicate que l'âme. Pour le reste, son épaisse chevelure blonde évoquait la toundra enneigée du nord de l'Europe avant que celle-ci ne tombe dans les fjords, il y avait la mer dedans, une mer agitée, pleine de poissons vivaces, avec au-dessus des chalutiers secoués par la tempête, leurs filets lourds de crabes ou de coquillages de toutes sortes, des falaises aussi, de celles d'où hésitaient à se jeter les apostats, des crevasses profondes, avec au bout des tourbillons bleus semblables à ses boucles dorées.

Le soir, chez elle, elle portait des lunettes à monture fine, elle ressemblait à un lynx de bibliothèque aux yeux marron, bleus peut-être, verts sans doute, peut-être même gris souris. Il ne les avait jamais vus plus de quelques instants et quiconque le ferait tomberait à coup sûr à l'intérieur. Elle changeait souvent d'apparence et lui, monotone être passe-muraille, ne parvenait pas à suivre. Allongé dans l'obscurité, Thomas élaborait de complexes hypothèses. Au-dessus de lui, elle tournait et changeait de forme, elle tenait de la géométrie cette fille mathématique. Ou plutôt de ce petit instrument, le mélodica, une sorte de piano en plastique pour enfants dans lequel on soufflait. Les sons qui en sortaient avaient sa légèreté anodine, mais à certains moments ils vous transperçaient littéralement le cœur.

Depuis le début de cette non-relation, le plus difficile était de trouver des excuses crédibles pour lui adresser la parole. Deux fois par semaine, il essayait, généralement en vain. Pourtant, elle ne découchait jamais, elle n'avait pas reçu de visiteur mâle à sa connaissance, seules quelques amies dans son genre, le genre studieux, universitaire à vie. Il espérait une fuite d'eau, une de ces ruptures de conduite que les appartements parisiens semblaient toujours garder en réserve, une porte claquant avec la clef restée dans la serrure à l'intérieur, un tapage nocturne quelconque. Entendre bruissements, affleurements et bruitages divers le rendait fou, surtout le week-end, il restait parfois des heures immobile contre le mur à analyser le moindre son, buvant de l'eau sucrée pour éviter les crampes. Thomas ne parvenait pas à déterminer son âge : fin de vingtaine, début de trentaine, peu importait. Il imaginait surtout son corps, qu'elle couvrait trop. Sans l'avoir jamais vu, il le connaissait par cœur, il aurait pu le dessiner. Les rares fois où ils avaient échangé quelques mots – son débit paraissait lent mais ses mots choisis avec précision – une partie de lui l'avait déshabillée.

Comme chaque soir, dans le grand silence de la vie collective d'où ne sortait jamais aucun cri, il était là, à ressasser dans le salon face à la table basse sur un canapé médiocre devant la fenêtre donnant sur la cour intérieure. Thomas se reposait, laissant à la manière des apnéistes son cœur battre le plus lentement possible, jusqu'à ne plus sentir son enveloppe et s'endormir. Aucun écran ne lui faisait face, si ce n'est celui qui s'ouvrait en lui une fois ses paupières closes. Il pensait aux saisons qui en ces lieux n'étaient plus ou n'avaient jamais vraiment été : la fraîcheur du printemps plein de nouvelles odeurs, l'été carnassier, les pluies d'automne et le couvercle glacé de l'hiver. À son père aussi, à la seule fois où il avait eu peur pour lui – l'éloignement l'avait rappelé à lui.

Un dimanche après-midi, alors qu'il circulait en mob avec ses copains, un jour où ils s'amusaient à relier le plus vite possible les lavoirs abandonnés, ceux des bords de route comme ceux couverts de mousse dans les sous-bois, il avait vu sa silhouette dans le C15 garé sur le parking du supermarché de Saulieu. Le soir, alors qu'ils revenaient, l'homme pas encore vieux mais déjà usé n'avait pas bougé de l'habitacle, Maman avait dû le mettre dehors. Que pouvait-il faire à l'intérieur, sans téléphone ni livre, à quoi pouvait-il penser ? Le paysan fixait ses larges mains aux phalanges rougies. Dans le gras des plis, des morceaux de chair manquaient, cela brillait, cela lui faisait comme d'infimes bagues d'émeraude. Jean était à nouveau l'écorché, mais à la campagne il y avait tant de façons de se blesser et si peu de gens pour poser des questions que cela passerait inaperçu. Lui ne se remettait pas de la violence dont il était capable et, pour se racheter, il travaillerait encore plus qu'à l'accoutumée, il se tuerait à la tâche, il ne dormirait pas tant que la peau n'aurait pas repoussé, tant que la violence ne serait pas rentrée à l'intérieur de ses doigts, tant qu'elle n'aurait pas reflué vers son cœur et fait vœu, elle aussi, de silence. En attendant, dès qu'il plierait la main, elle brûlerait un peu. La douleur ne signifiait rien ; l'enfer, c'était la honte. En passant à toute vitesse, le fils volant n'avait craint qu'une chose alors que, poignée dans le coin, ils longeaient l'artère principale en faisant le plus de bruit possible, le premier de leur meute comme suspendu en roue arrière : qu'un autre bruit, celui d'un coup de fusil parti de l'habitacle, n'interrompe leur course vespérale.

Cet étrange souvenir avait resurgi comme une bulle remontée d'une fosse sous-marine – cela arrivait quand il cessait toute activité. Thomas préféra passer à une autre relique : le jour où, à la surprise de la maisonnée, son père avait rapporté un magnétoscope avec un lot de cassettes. Le fils avait fini par enregistrer les émissions nocturnes les plus obscures, même la mire qui le fascinait, dans l'espoir d'en faire quelque chose un jour sur un banc de montage. C'était, réalisa-t-il soudain, déjà de la programmation au sens propre. Ses parents avaient d'ailleurs gardé ces cassettes, elles dormaient dans une armoire du salon telles des créatures attendant qu'on les réveille d'un baiser analogique. Son père quant à lui enregistrait des vieux films qu'ils regardaient parfois tous ensemble, il aurait aimé se rappeler leurs titres et, qui sait ?, les revoir.

Alors que son enceinte portative diffusait le morceau « Wolf 359 » d'Ezéchiel Pailhès, titre dont il se souviendrait longtemps après, et qu'il terminait son repas du soir, un miracle, aussi minuscule que prodigieux, se produisit. Deux « toc » sur la porte. La mer bleue, verte, brune, froide, derrière. Il ouvrit.

*

– Cher voisin, excusez-moi de vous déranger mais ma connexion Wi-Fi ne fonctionne plus. Je voulais savoir si la vôtre rencontrait aussi un problème…

– Venez, entrez. Je vais regarder ça…

Ses cheveux avaient changé de couleur, les pointes de ses mèches étaient violettes, mauves, il ne savait pas. Deux révolutions coup sur coup. Nom de Dieu, qu'est-ce que ça voulait dire ? Il n'en revenait pas, elle était toujours aussi impossiblement belle. Ne rien dire, l'écouter, puis faire un compliment.

Son Wi-Fi fonctionnait normalement, mais Thomas fit semblant de devoir le relancer. La jeune femme s'assit sur le canapé. Et lui qui n'avait rien rangé dans le salon se tuerait après son départ. Elle regarda la tranche des quelques livres de la bibliothèque. Il n'y en avait pas assez, il aurait dû en apporter du Morvan. Il n'était pas souvent à la hauteur, il devait drastiquement hisser le niveau de son jeu. Mais avant tout il fallait gagner du temps, aussi, il lui offrit du jus d'orange. Sur un petit papier, il nota son propre identifiant et sa clé de sécurité Wi-Fi et les lui donna, *la* chose à ne jamais faire avec qui ce soit. Alex Hastings, les actionnaires de Bound et la bande ne le lui pardonneraient pas.

– Cette photo a été prise où ?

– Chez moi. Enfin, dans une forêt à côté. Il y a un chemin où l'on faisait tourner nos mobylettes. Là, c'était un jour d'orage, il n'y a pas de meilleure lumière…

– C'est où chez vous ?

– Le Morvan, en Bourgogne. La terre des ducs. Autrefois, on l'appelait « le pays des démons et des ours ».

– Moi, je suis d'origine normande. À Paris personne n'est vraiment parisien… Nous sommes tous des transfuges.

Les murs blancs, l'unique photo encadrée, la plante verte assoiffée et la table basse n'allaient pas la retenir longtemps mais la musique la ferait peut-être rester. Sa voisine, fleur au parfum de vanille et de lait, portait ce soir-là des bottes et une jupe longue. De son pull étroit dépassaient le col et les poignets d'un chemisier bleu, le tout surmonté d'un châle : la jeune femme de son âge semblait délicieusement vieillotte. Ses jambes étaient croisées haut et quand elle prenait la parole le bout de son pied droit remontait. Il pria pour que la lecture aléatoire ne passât pas de morceaux guimauves ni hardcore, il y allait de sa réputation et des suites de leur rencontre. Chilly Gonzales : un choix judicieux de la part de l'algorithme. Hélène – elle s'appelait Hélène – lui expliqua posément être musicienne, non, pas tout à fait, elle enseignait la musicologie ou, plus exactement, elle achevait un doctorat en la matière. D'un œil, il surveillait la playlist. Une musicologue dont la chevelure se prolongeait en pointes violettes, il n'en existait pas d'autre sur Terre. Il lui restait quelques bouteilles de bière, il espérait qu'elle ne s'offusquerait pas.

Thomas ne l'aurait jamais cru si bavarde. Il en profita pour observer son anatomie. Sa poitrine sous le pull, il n'osait y penser ; seul un dieu pervers avait pu autoriser une telle sculpture. Apparemment, ça ne la gênait pas de boire à même la bouteille. Elle l'observait elle aussi, mais avec les mots : elle les lui envoyait et regardait comment il s'en saisissait. Il fut bien obligé d'évoquer son métier, alors il enjoliva, il mentionna le clavier, les lignes, les combinaisons de signes complexes ressemblant à des notes, il expliqua qu'il corrigeait les erreurs, qu'il jouait au pompier, au héros, à Batman. Il parla aussi de son scooter, de ses virées pour explorer la capitale. Machinalement, il replaçait les bières au milieu de la table basse de peur qu'elles ne tombent. Quand il n'y en aurait plus, il irait en chercher à l'épicerie en bas. Ou du vin blanc. Chez elle, elle avait une bouteille d'alcool fort, elle proposa d'aller la chercher. Un tire-bouchon ? Oui, il en possédait un.

Thomas, très désireux de voir son appartement, la suivit. Il paraissait plus grand, plein d'objets et d'affiches, tout le contraire de son univers contrit. Au fond sur le fauteuil, un vaste soutien-gorge reposait à côté d'une minuscule culotte, des armes de couleur pourpre, il manqua de défaillir. Son père à elle faisait de l'alcool de contrebande avec les pommes du jardin. Ils rirent. Ils allaient mourir empoisonnés comme Tristan et Iseult. Ou Roméo et Juliette. Il ne savait plus.

De retour dans sa tanière à lui, elle analysa chaque morceau de musique, modestement, brillamment. Thomas en découvrait ainsi la signification profonde. Il avait cru l'électro anonyme, neutre, seulement parcourue de rythmiques sourdes et de déflagrations, or la voisine entrait à l'intérieur, elle liait les titres entre eux. À ses yeux, il s'agissait d'une immense voie lactée. Alors qu'il cherchait une musique digne de son expertise, elle évoqua des auteurs inconnus, Theodor W. Adorno, Walter Benjamin, John Lomax. Sans doute Thomas devrait-il un jour imprimer sur un T-shirt une de leurs citations. Les lire puis le lui faire subrepticement savoir. Lui se contenta de raconter sa vie d'avant, la campagne, les copains, le bar QG, les habitués, il les décrivit un par un, leurs petites manies devenues des tics au fil des années, qui s'asseyait où, lequel parmi les vieux fruits confits partait en titubant le premier, les quelques clients dont il fallait se méfier parce qu'ils montaient vite dans les tours, comment faire claquer le flipper et éviter qu'il ne tilte, le jeu électronique de fléchettes installé récemment dont les LED s'allumaient en jaune ou violet sur les côtés en fonction de là où elles allaient se planter. Surtout, il lui confia qu'il fallait à tout prix, après avoir vidé sa bière, observer dans son verre Vedett Extra le soleil rouge dessiné sur le fond vert du logo : si on voyait l'astre avancer, la torsion du bout des flammes le laissant déjà deviner en début de soirée, il était temps de rentrer. Assise le buste bien droit, la jeune femme l'écoutait en souriant. Elle lui fit penser à une divinité nordique égarée à Paris, Harfang, la fille de la déesse inuite Nelvanna et d'un mortel, conçue l'espace d'une nuit pour aider les dieux du Nord prisonniers du monstre Tundra à vaincre les Grandes Bêtes du Canada. Il avait lu cela enfant, elle descendait du ciel ou s'élevait des plaines enneigées du Yukon.

Rien à voir avec les filles de là-bas, celles dont dès l'adolescence il avait compris que, bruyantes ou silencieuses, faciles ou timides, elles attendaient quelque chose. Au fond de leur œil, quand la nuit se calmait dans les rares endroits, bars, cafés, boîtes, barbecues, où ils pouvaient sortir, une fois que les gars avaient fini de faire les marioles, elles attendaient que quelqu'un vienne les chercher comme elles avaient attendu le car du ramassage scolaire quelques années auparavant. Elles n'étaient pas pour lui, elles portaient déjà en elles des histoires de mariage et de succession, de murs et d'hectares. C'était parce qu'il avait quitté ce territoire qu'il pourrait, croyait-il, se lier à celle-ci. D'ici là, Thomas devrait ruser. Il descendit chercher d'autres bières, le tord-boyaux normand lui paraissant trop violent.

Dans l'espoir de la retenir, il lui parla du « langage machine » – cette expression ancienne lui plaisait, elle le rassurait. Il vanta cette langue souveraine, ce langage des langages purement performatif uniquement composé d'ordres. Il lui dit qu'avec ses collègues ils avaient modifié ce dialecte dont il devinait la mécanique de chaque élément, de chaque écrou, de chaque vis, à nu : au milieu de millions d'ordres tissant une immense toile, il y avait une sorte de poumon, de corps langage. Une langue vivante, oui, elle avait tout de suite compris. Il tut en revanche la raison pour laquelle il acceptait tout de Bound et surtout l'inacceptable. Il n'osa évoquer la brèche qu'ils avaient commencé à ouvrir dans la réalité et dont il pressentait qu'elle ne pourrait être refermée. La raison de son pacte faustien avait justement à voir avec cette musique-là, avec la chanson qu'il entendait derrière. Comme les autres membres de la bande, il tuerait pour elle, au sens où il pourrait tout aussi amoureusement fabriquer une bombe.

Pour une première rencontre, il en avait déjà trop dit. Surtout, Hélène n'était pas venue sans avoir elle aussi une idée derrière la tête… Cela faisait trois mois qu'ils vivaient l'un à côté de l'autre, elle devait l'entendre gémir après chaque rencontre dans le couloir. Forcément, Harfang sentait cela, ses sens hypertrophiés lui disaient ces choses. Bien sûr, la connexion Wi-Fi de la jeune femme fonctionnait parfaitement. Et puis le coup du spiritueux paternel… Tout cela ressemblait à un piège. Du genre de ceux que des concurrents de Bound pouvaient tendre aux naïfs dans son genre.

IV

Espace

Camarades,

Nous entrons dans la phase 3c2. Dans quelques semaines, la période de bêta-testing réalisée en Inde va commencer. Puis des premiers clients pourront tester le Programme en petit comité et dans le plus grand secret. C'est la dernière ligne droite, nous n'avons pas d'autre choix que de réussir, et ainsi nous changerons à jamais le cours de l'Histoire. Je compte sur vous comme vous pouvez compter sur moi.

Alex Hastings

Le P-DG américain n'avait pas besoin d'en dire plus, la bande était motivée comme jamais. Le magistère du cerveau de l'opération s'exerçait *in absentia*. Pour savoir où il se trouvait sur la planète, il fallait scruter les réseaux. Ce quarantenaire voyageait sans cesse, passant des piscines bleues des palaces à des bolides. Il s'agissait d'impressionner les investisseurs, des personnes âgées qui utilisaient encore les réseaux sociaux. Cela aurait été à vomir si le reste du temps le fondateur n'avait pas défendu comme un chien le

Programme et s'il ne l'avait pas quasi inventé de A à Z avec l'étrange Francœur.

À chaque retour en France, l'homme aux cheveux mi-longs et à la voix grave réunissait l'équipe dans une salle du cinquième étage et lui annonçait l'apport de nouveaux *business angels* de la Vallée. En cas d'attaque sur son manque d'assiduité auprès de la bande, il répondait brillamment. Le play-boy disposait d'un précieux avantage, il savait s'exprimer en public. Tous l'aimaient, car chacun lui devait beaucoup. Deux ou trois fois par an, il faisait un grand discours, sans notes, dans lequel il passait en revue leurs avancées, les problèmes à résoudre, la concurrence et l'évolution du marché, puis il annonçait des acquisitions d'entreprises qui leur permettraient de déléguer les milliers de tâches plus ou moins complexes que la construction du Programme nécessitait. Chaque fois, Alex insistait sur ce qui les liait, un fluide circulant entre eux que personne d'autre ne pouvait comprendre. Lors du premier laïus auquel il avait assisté, Thomas avait eu, malgré lui, les larmes aux yeux. Il avait cru entrer dans l'univers de l'entreprise mais il s'agissait d'autre chose : ni une religion ni une secte, plutôt une sorte de confrérie. Alex avait appelé leur projet « le Programme » afin que nul ne sache ce que ce mot-valise contenait. Surtout, cet intitulé laissait sciemment penser qu'il s'agissait d'une application ou d'un logiciel, et non d'un minuscule corpuscule qu'on introduisait dans le cerveau après une incision de quelques millimètres. « Le cerveau, siège de la mémoire et premier outil d'encodage, est un ordinateur comme un autre, avait-il affirmé fièrement. Ne l'oubliez jamais, on peut désormais y greffer ce que l'on veut. »

Thomas Hèvre avait été recruté pour la dernière phase avant le lancement parce que aucun des membres de la bande, si doués soient-ils, n'avait la capacité de coder des centaines de lignes de programme par jour sans y glisser quelques coquilles. Quelques jours après son arrivée, ils l'avaient surnommé « Cheat Code », en référence à l'expression désignant les techniques secrètes qui permettent de finir un jeu vidéo en quelques minutes au lieu de centaines d'heures. Avant tout, Thomas agissait comme un superviseur et un correcteur. Sans coder lui-même, il examinait en temps réel le travail des autres et en éliminait tout ce qui pouvait entraver la progression du Programme. Non seulement il avait la faculté de lire les lignes de code à une vitesse fulgurante, et ce, sur plusieurs écrans, mais il pouvait y repérer les erreurs, qu'elles fussent infimes – un seul signe, une virgule, un chiffre pouvait mettre fin à des journées entières de programmation – ou fondamentales – anomalies dans la conception, mauvais aiguillages, cause de futurs échecs techniques. Ce don rare et inestimable ne portait pas de nom.

Surtout, contrairement à ses camarades, en révisant le travail de chacun Thomas disposait d'une vue d'ensemble du grand œuvre en cours comme des propriétés cinétiques de chaque élément de code. Hormis la direction, lui seul voyait l'ossature de la cathédrale à venir, le bois dont était faite sa charpente et jusqu'où éclairait la lumière nouvelle traversant ses vitraux. Malgré son jeune âge et son inexpérience, il lui semblait que rien ne préparait l'homme à une telle déflagration. Le réel serait tout bonnement reprogrammé et, ce faisant, la balbutiante réalité virtuelle lancée à la fin des années 2010 prendrait immédiatement fin. Plus personne ne porterait un casque Oculus ou Meta Quest, les jeux vidéo eux-mêmes dont le règne n'avait jamais été remis en cause payeraient un lourd tribut. Il suffirait de regarder autour de soi à son domicile ou par la fenêtre, les chimères seraient là, elles vous attendraient et vous appelleraient.

*

– J'aimerais être greffé. Depuis le début en fait, j'ai envie de devenir un alpha-testeur, mais je n'ai pas osé vous le demander avant. Qu'est-ce qu'il faut faire pour bénéficier de l'opération chirurgicale ?

Personne ne l'avait vu venir. Au cours d'un déjeuner pris sur le pouce autour de la grande table, Ji, le jeune Montréalais dernier arrivé dans la bande, avait le temps d'une question court-circuité toute la hiérarchie. Ce costaud, que Thomas imaginait habile joueur de hockey filant sur d'immenses patinoires, avait été recruté parce qu'il touchait sa bille en analytique. Sa sympathie naturelle avait immédiatement fait oublier cet accent saugrenu auquel nul ne s'habituait et le fait que ses doigts tapaient systématiquement une rythmique connue de lui seul à la surface des bureaux. Dépourvu de surmoi, le vingtenaire préposé aux tâches subalternes de programmation racontait tout de sa vie. Mine de rien, grâce à sa force de travail et à ses remarques faussement lunaires, ils avaient gagné deux semaines sur le planning. Autrement dit, cet ouvrier spécialisé aurait dû rester silencieux et se contenter de mâcher son bánh mì comme les autres.

Le gros Francœur, assis en bout de table, faillit s'étouffer avant de se ressaisir :

– Hmm… ta demande est inattendue. Sache que plusieurs facteurs s'opposent à ce que l'implant neuronal te soit greffé. Tout d'abord, celui-ci est encore en phase préparatoire, ce qui limite le nombre d'opérations possible. Par ailleurs, tu l'ignores peut-être mais la greffe n'a été acceptée que pour trois d'entre vous, et cela faisait partie des clauses de leur contrat selon un accord mis en place avec Hastings et moi avant même leur embauche. Enfin, ce privilège est en rapport avec leurs fonctions au sein même du Programme, or les tiennes en sont très éloignées. On ne doute pas que ton feedback puisse nous être utile, mais en tant que dernier arrivé tu n'y as pas droit. Du moins pas pour l'instant. Comprends-moi bien : comme tu le sais, l'être humain n'est rien d'autre qu'un système calculateur de traitement de l'information et nous confions dans un premier temps cet appendice aux modèles les plus sophistiqués.

Il n'empêche, Ji avait osé poser tout haut la question que beaucoup se posaient tout bas. Pourquoi les cadres avaient-ils été nommés alpha-testeurs dès leur embauche et pas les autres, tout aussi compétents et impliqués dans la fabrique de l'implant ? Les trois élus bénéficiaient d'un accès direct au fruit de leur travail quand les autres devaient se contenter de quelques bribes dans les comptes rendus écrits des débriefings. Thomas avait la certitude que les plus jeunes comme Ji allaient se précipiter sur le Programme sans aucune crainte des séquelles potentielles de l'intervention chirurgicale. Sans arrière-pensée, les femmes avaient eu recours les premières à la chirurgie esthétique ; seules les personnes âgées craignaient pour leur intégrité physique ou mentale. La direction n'avait pas compris que cette génération voulait justement modifier son apparence, son corps, son esprit et casser le moule originel. L'image primait sur le réel, la sensation sur la raison, cela allait de soi, il suffisait d'examiner la vie pour s'en convaincre. Chacun corrigerait ce qu'il serait possible de corriger, une opération bénigne et une petite cicatrice n'empêcheraient personne d'ajouter une nouvelle dimension à son expérience du monde. Le gamin des Amériques ne disait rien, il n'avait pas l'air déçu. Sa bouche pleine de porc, de salade et de carottes râpées esquissait un demi-sourire comme s'il avait perdu cette bataille, mais que la guerre était déjà gagnée.

*

Я твой слуга
Я твой работник
Я твой слуга
Я твой работник

La rame du métro transportait peut-être une personne susceptible d'expliquer le sens que ces vers pouvaient prendre dans la Russie de la fin des années 70. La passagère de la ligne 4, trajectoire qui la ramenait de l'université Paris 8 où se trouvait l'UFR intitulé « Arts, Philosophie, Esthétique », et en particulier le département Musique, au centre de Paris où elle vivait et étudiait, eût aimé pouvoir résoudre cette énigme au détour d'une simple conversation. Chaque fois, Hélène oubliait de questionner un chercheur russophone tant son esprit était occupé par les centaines de pages qu'elle devait ajouter aux centaines d'autres déjà écrites, l'ensemble devant constituer dans un avenir proche une thèse de doctorat à soutenir, si du moins elle trouvait la force nécessaire. Mais, autour d'elle, aucun faciès ne trahissait d'origines du Caucase ou de l'Altaï, elle ne voyait que les mines habituelles brinquebalées par le métropolitain, celles de gens à demi présents, déçus de toutes sortes ou indifférents aux voyages souterrains quotidiens que leur imposait une activité dans la capitale.

Ces courtes lignes figuraient parmi la trentaine composant la chanson « The Robots » du groupe Kraftwerk. Le duo formé en 1970 par Ralf Hütter et Florian Schneider-Esleben et appelé à devenir un quatuor au succès international constituait son sujet d'étude, notamment la question de « la réalisation d'un utopisme technologique à travers l'expérience Kraftwerk ». Quand son esprit divaguait pendant le trajet, elle revenait aux moments qu'elle chérissait plus particulièrement dans leur œuvre, ainsi, lorsque les deux fondateurs, convoquaient la vie organique – « *We're functioning automatic / And we are dancing mechanic* » – pour mieux la fondre dans leur matrice électronique. Mais elle devait plutôt se concentrer sur sa tâche du jour : une nouvelle visite des archives sonores et visuelles de son lieu préféré.

À l'entrée, on la salua. Grande, élégante mais d'une beauté froide, dépouillée, son regard de myope et son habitude de froncer les sourcils à la moindre contrariété avaient formé au coin de ses yeux des pattes-d'oie qui la vieillissaient tout en lui donnant un charme fou. La doctorante suivit son parcours habituel jusqu'au Centre de ressources où parmi les archives audiovisuelles elle cherchait les enregistrements filmés du groupe, notamment les interprétations de la chanson fondatrice de la geste Kraftwerk : « The Hall of Mirrors ». « *Even the greatest stars discover themselves in the looking glass* », répétait hypnotiquement le refrain. Depuis quelques semaines, elle s'intéressait à la façon dont le groupe était présenté lors de ses rares apparitions dans les émissions télévisées de variétés. Chaque mot prononcé, si maladroit, si inapproprié soit-il de la part d'un animateur en costume cravate au sujet des hommes habillés en rouge et noir, comptait à ses yeux.

Parfois, avant même l'arrivée des quatre musiciens sur scène, les instruments, des synthétiseurs et des boîtes à rythmes, se mettaient à jouer tout seul. En 1978, ils avaient pris l'habitude de placer dans le public des mannequins à leur effigie assistant à leur propre concert. D'où qu'on prenne l'œuvre de ce groupe, on était subjugué. Là résidait toute la difficulté du travail d'Hélène : donner un sens précis et définitif à ce qui s'apparentait souvent à une forme de génie et de prescience. À ses yeux, il s'agissait moins de l'anticipation d'une époque destinée à être dominée par l'électronique

que de la conception d'un espace concret éphémère où l'homme et la machine avaient vécu en harmonie. En un mot, Kraftwerk avait, sans le savoir, incarné une forme de paradis perdu, ou plutôt un paradis qui aurait pu être mais ne serait jamais.

La jeune femme aimait l'Ircam, elle s'y rendait au moindre prétexte, passant également des heures à la médiathèque. L'idée que ce lieu ait été construit sous la place Igor-Stravinsky afin de protéger son acoustique des bruits parasites suffisait à son bonheur. Surtout, elle révérait l'existence de la chambre anéchoïque, un espace couvert de dièdres permettant d'étudier la manière dont le son se développait et se déplaçait dans un silence absolu. Une chambre sans écho, dite « chambre sourde », constituait un espace idéal pour confier à quelqu'un qu'on l'aimait : il faudrait un jour y amener Thomas. Ce jeune homme obsessionnel voyait de la beauté là où elle ne siégeait pas, c'était cela qui lui avait plu dès les premières minutes. Si leur romance devait devenir une longue histoire, comme elle le pressentait, ils se rendraient dans le désert de Mojave aux États-Unis et demanderaient que les lourdes portes de la base Edwards de l'Air Force leur soient ouvertes, car celle-ci renfermait la plus vaste chambre anéchoïque du monde, un espace d'une longueur de quatre-vingts mètres. Ils pourraient s'y marier au cours d'une cérémonie païenne où ils se jureraient soutien indéfectible et fidélité au moyen d'une chorégraphie silencieuse – et brève puisque, selon certains témoignages, on ne pouvait rester longtemps dans ces lieux clos sans finir par avoir des hallucinations. Chacun soutiendrait l'autre à travers les épreuves de la vie, il lui tiendrait la main au moment de la bascule dans l'autre monde. Voilà qu'elle parlait comme sa grand-mère… Thomas était un gentil – un gentil dingue sans doute, mais un être qui ne saurait lui faire du mal, elle le sentait dans sa chair. Ces deux athées avaient foi l'un en l'autre.

Image par image, Hélène étudia une interprétation de la chanson « Das Model » dans une émission télévisée allemande diffusée le 29 mars 1982. La vie d'une mannequin y était décrite en trois quatrains, un vers disait « Il suffit d'un appareil photo pour la faire changer d'avis ». Les bons élèves du Conservatoire de Düsseldorf étaient eux aussi obsédés par le rapport entre les sujets humains et leur image. Ce jour-là, la caméra commençait à les filmer, puis l'image passait de la couleur au noir et blanc, et les quatre individus à la peau blafarde, figés, inexpressifs, debout devant leur clavier, ressemblaient à une nouvelle espèce de vampires. Entremêlés à des images d'archives aussi sérieuses qu'eux, ils faisaient tout simplement peur. Après leur numéro, un public couleur vert-de-gris les applaudissait. Hélène avait du mal à croire qu'ils avaient saisi ce qui venait de se dérouler sous leurs yeux. Elle pouvait encore ressentir les vibrations inondant le studio d'enregistrement allemand, plus artisanales et anecdotiques que les autres performances datant de la même période, moins grandioses, plus douces à ses oreilles. Comme les milliers de rats du quartier, sombres créatures souterraines qui, depuis la construction de l'Ircam, se pressaient dans les égouts le long des parois du bâtiment pour écouter ce qui s'y déroulait, la divinité nordique confortablement assise dans ce laboratoire écoutait les ondes, si infimes soient-elles, et oscillait.

V

Error 101

Thierry Francœur, le mentor de soixante-dix et quelques années à qui Thomas devait presque tout, avait pris place avant lui dans le salon d'un palace parisien. Au premier abord, le vieux barbu aux sourcils trop fournis ne payait pas de mine. Ce jour-là, sa chemise gonflée par son ventre sortait d'un pantalon sombre râpé aux genoux, aux pieds il portait de vieux écrase-merdes d'une grande marque anglaise. De la même manière, sa montre de forme cubique, une LED de la marque Lip dessinée par Roger Tallon, pouvait passer, avec son petit écran noir sur lequel apparaissaient des chiffres rouges luminescents, pour un jouet d'enfant. Depuis qu'il avait franchi le seuil de la première boutique d'informatique personnelle lors d'un voyage à Mountain View en Californie en 1975, il avait accumulé plusieurs boîtes noires de souvenirs dans un milieu généralement amnésique. Quand il ne travaillait pas, le bonhomme à gueule d'infarctus courait les salles des ventes où il raflait certains accessoires fabriqués en France pendant les Trente Glorieuses. Son porte-documents en cuir posé au pied du fauteuil club contenait en permanence des catalogues des maisons Drouot, Sotheby's et Christie's.

Thierry Francœur était un survivant. Celui qui se considérait avant tout comme un ingénieur avait connu l'âge d'or de l'informatique, celui de l'éclosion, puis de la grande croissance. Plus précisément, il en était même un des architectes. Dans les années 80, il avait créé parmi d'autres deux jeux vidéo légendaires : *Crafton & Xunk* et *L'Arche du Captain Blood*.

Le premier avait été composé en langage basic, réalisé en seize couleurs et avait pour héros un humanoïde et un compagnon podocéphale. Au premier abord, le joueur se contentait d'explorer un monde labyrinthique et de tenter d'y survivre : muni de cartes magnétiques, il ouvrait des portes menant à d'étranges salles, microcosme qu'il fallait sauver de la destruction. Bien sûr, le temps était compté. Cela avait été le premier jeu français à être numéro 1 des ventes en Angleterre.

Deux ans plus tard son grand œuvre, *L'Arche du Captain Blood*, avait paru, une épopée de couleur bleue aux paysages glacés où le joueur incarnait cette fois-ci un programmeur bloqué dans son propre jeu. Avant ou après, personne n'avait osé écrire un scénario pareil, une mise en abyme logée dans une mise en abyme, une structure fréquente chez lui. Cloné contre son gré, le héros se transformait peu à peu en machine et devait, pour recouvrer sa forme humaine, retrouver puis détruire ses clones. Seulement, ceux-ci étaient disséminés dans des planètes inconnues d'une galaxie qu'il lui fallait explorer de fond en comble. Survivre, sonder l'humain autant que la machine, le créateur n'avait jamais dissocié les deux choses. Ce pervers avait néanmoins glissé une subtilité de taille dans le jeu : la progression reposait tout autant sur une exploration géographique à la recherche des bonnes planètes que sur les dialogues engagés avec les différentes races d'extraterrestres les peuplant. Pour cela, il fallait s'exprimer en langage holographique, à l'aide de phrases composées à partir d'icônes – le joueur choisissait ces hiéroglyphes d'un nouveau genre en bas de l'écran. Ainsi, Francœur avait au passage inventé les émojis et, avec eux, un énorme casse-tête philologique.

Si invraisemblable que cela puisse sembler, ce méta-jeu produit à des centaines de milliers d'exemplaires avait été un succès planétaire. Destiné aux adolescents autant qu'aux adultes, *Captain Blood* avait rendu folle une génération de gamers avant d'être oublié, comme toutes les avancées primordiales. De nos jours, ces deux logiciels à l'époque commercialisés sur disquettes étaient d'autant plus culte pour quelques amateurs que leurs plateformes d'alors, l'Amstrad CPC et l'Atari ST, avaient disparu. Thomas avait visionné des extraits des jeux sur YouTube mais il n'y avait jamais joué. Ensuite, le génie français avait, entre autres choses, adapté le roman de science-fiction *Dune* en jeu vidéo, tâche unanimement reconnue comme impossible, puis créé le premier univers virtuel, appelé « Le Deuxième Monde », celui-là même qui avait inspiré le mondialement célèbre « Second Life ». De fait, chaque étape de sa carrière redéfinissait les frontières du domaine dans lequel il exerçait.

Comment ne pas écouter ce qu'il avait à dire, comment ne pas suivre ses conseils ? Le vieil homme avait connu un autre univers que celui où évoluaient ses interlocuteurs. Avant d'être un informaticien, Francœur avait été un spécialiste des mathématiques, plus précisément de la théorie des groupes. Le bon élève avait fait les classes préparatoires et l'École polytechnique. De son côté, Thomas s'était contenté, après le baccalauréat, de programmer à la maison en aidant ses parents à la ferme. Alors que ses camarades prenaient des notes exhaustives en cours, lui griffonnait quelques mots-clefs. Il aurait pu aisément aller en classe préparatoire ou à la faculté, mais cela aurait signifié quitter sa famille et se soumettre à un emploi du temps rigoureux. Parmi les bocages, loin de tout, le débutant avait encore la certitude de pouvoir passer plus de la moitié de son temps devant un écran et de s'échapper à la ville le week-end. Ses parents ne l'en avaient jamais empêché, il lui fallait bien le reconnaître. Même la nuit, ils lui faisaient suffisamment confiance pour fermer les yeux sur ce qu'il se passait pendant les virées avec ses copains. Aussi malins que prudents, les adolescents n'avaient passé les bornes que la fois où ils s'étaient introduits par effraction dans la Casse du Texas, la casse automobile la plus connue de la région. Heureusement, une fois un coin de grillage et ses barbelés franchis, leur exploration nocturne des premières carcasses, idéale pour tordre quelques portières, casser des rétroviseurs et fumer assis dans une luxueuse voiture décimée par la rouille, n'avait pas réveillé le propriétaire, qu'ils imaginaient prêt à défendre arme au poing ses biens de ferraille et sa collection de camions américains. Surtout, les dizaines de kilomètres les séparant de leur territoire avaient protégé l'anonymat de leur méfait.

Avant de devenir un créateur hors pair, Francœur avait démontré des théorèmes. À l'heure du déjeuner à la table du fond chez l'Italien, Pierre, un de ses disciples, un jour tenté entre deux gressins d'expliquer ses travaux, et en particulier sa résolution du théorème de l'ordre impair. La bande l'avait écouté bouche bée sans comprendre. Encore aujourd'hui, Thomas se sentait étranger à tout cela, il était né après le monde qui avait vu naître ces hommes et ces idées. Lors de leur première rencontre au Train Bleu, le restaurant de la gare de Lyon, Francœur avait prononcé cette phrase comme si de rien n'était : « Il n'y a pas de différence majeure entre les modèles mathématiques et les programmes informatiques. » Thomas, tout juste descendu du TGV, avait opiné, le vieux monsieur avait forcément raison. Sur la table, les plats défilaient, Francœur se contentait de goûter, sachant qu'il laisserait de bonne grâce un copieux pourboire, tandis que son invité cherchait en vain du coin de l'œil un wagon de couleur bleue. Ce même jour, Francœur lui avait expliqué l'importance du mot « arcade », le terme désignant les premiers jeux vidéo. Il provenait d'une région mythique en Grèce, l'Arcadie, où était né Zeus sur le mont Lycée, parmi les loups, les bergers et leurs animaux qui vivaient en harmonie. Il lui avait parlé d'un âge d'or à reformuler en pixels : « Telle est notre mission, parce que les jeux ne sont pas des jeux mais rien d'autre que la syntaxe du monde. » Thomas l'ignorait encore mais l'orateur appliquait déjà les mathématiques au domaine de la fiction. Toute sa vie il avait organisé la collision entre ces deux disciplines, et le prince déchu des années 80 était sur le point de faire triompher sa révolution.

Bien plus tard, l'élève réaliserait à quel point il aurait dû prendre au sérieux l'informatique théorique qu'évoquait sans cesse son mentor. Sans elle, aucun algorithme d'aucune sorte, aucune intelligence artificielle générative, aucun software complexe et encore moins d'implant neuronal. Au fil des décennies, le maître avait créé différentes entreprises prospères qu'il avait fini par revendre. Ce joueur, au sens des princes que Thomas imaginait hanter les casinos de la Côte d'Azur, là où l'on mettait sa propre vie en jeu à coups de dés ou de cartes, avait tout vu, tout entendu. Désormais, Francœur exerçait le métier de consultant, un consultant de luxe à qui Microsoft, EA ou d'autres géants du secteur faisaient régulièrement appel. Il prenait l'avion pour s'entretenir deux heures avec quelques têtes pensantes à l'autre bout de la planète. Il parlait en chair et en os, en tirade et postillons, en aucun cas sur Zoom ni ses variantes. D'après Pierre le numéro 2, la liste d'attente était longue comme un jour sans connexion bien qu'il se contentât souvent de quelques assertions lumineuses ou obscures. La fascination de son auditoire reposait en bonne partie sur le fait qu'il revenait ensuite aux décideurs de déterminer quoi faire de l'or qu'ils venaient d'entrevoir. La grande fierté de Thomas était d'avoir été repéré par le doyen. Comment exactement ? Il n'en savait rien et ne le saurait sans doute jamais. Des expatriés francophones, puis des Russes aux pseudonymes incroyables, énormément de Coréens, quelques Chinois aussi, un Estonien surdoué disparu des radars depuis avaient été ses premiers interlocuteurs derrière son écran en Bourgogne. Il se souvenait d'avoir discuté avec le dernier du goût des premières cigarettes, qui avait l'air autrement plus fort chez lui qu'en France. Le lendemain du déjeuner à la gare de Lyon, le gourou lui avait présenté Alex Hastings, le principal investisseur et patron de Bound. Aujourd'hui encore, son réseau de connaissances chez les développeurs et les codeurs lui permettait de rabattre les meilleurs éléments. Chacun servait de tamis, lui seul ramassait l'or. De temps à autre, néanmoins, le vieil homme cédait une pépite cachée au fond d'une bourse. Ce que les firmes en faisaient importait peu, que l'individu en question monte au firmament ou soit broyé pendant un exercice à balles réelles, lui évoluait déjà ailleurs. Il avait coutume de dire qu'il avait droit « à 7 % de pertes, comme à l'armée ». Lors de leurs rendez-vous, Thomas lui racontait ce qui se passait chez Bound tout en se doutant qu'il en connaissait déjà la moitié. Le jeune homme en tirait en retour quelques clefs de compréhension du milieu dans lequel il avançait à tâtons. Donnant-donnant.

Sourire aux lèvres, le consultant commandait des alcools au nom et à la structure chimique complexes, c'est pourquoi il donnait rendez-vous à ses gagneuses dans de grands hôtels. Il avait eu la chance d'explorer la totalité de la planète, des capitales mondialisées à la campagne japonaise. Ça n'existait plus des gens pareils. L'univers se fermait sur lui-même, avait-il coutume de dire et, à l'écouter, le Programme enfoncerait les derniers clous dans la porte. Ce jour-là, il revenait de Minsk, en Biélorussie, où venait d'avoir lieu un festival consacré aux véhicules blindés, un événement organisé par l'éditeur du jeu *World of Tanks* ; petit point parmi les milliers de fans et de joueurs, Francœur avait tout observé et enregistré sans que quiconque sache les leçons et développements qu'il en tirerait.

– Alors, il n'y a pas un peu de nouveau dans ta vie ? Tu as l'air changé. Ça va tes parents ? Ils n'ont pas trop mal pris ton départ ?

– En tout cas, ils m'ont laissé partir sans résistance. Depuis, j'essaie de les tenir un minimum au courant. Ils ont même acheté un ordinateur. Ils sont très curieux de savoir ce que je fais ici – ils n'imaginent pas bien sûr, ils ne sont pas encore montés me voir.

– Donne-leur de tes nouvelles, c'est très important. Acheter un ordinateur n'est pas un geste anodin : il y a bien longtemps, un penseur a désigné ça comme la « machine univers » et il avait raison. Garde en mémoire que la technique précède la pensée, c'est ainsi qu'elle conditionne et réorganise notre vision du monde – et, dans ce cas précis, l'espace de nos fonctions cognitives. Tes parents viennent de faire un grand pas vers toi et, sans le savoir, ils ont justement accepté de changer leur univers. Rends-leur visite. Tu ne dois pas couper les ponts avec eux, avec la ferme, c'est primordial pour ton esprit. Et celui-ci est, tu le sais, essentiel au Programme. Si tu coupes avec d'où tu viens, tu perds ton fluide vital et tu meurs, je te le dis franchement.

– Bien, bien… Je ferai attention.

– Et hormis le boulot ? Tu sors ?… Pas avec les autres, je veux dire. Avec des gens de l'extérieur.

– Oui. Enfin, pas tout à fait, je sors vraiment peu, mais j'ai rencontré une fille… Elle est incroyable.

– Superbe ! Superbe ! Il faut fêter ça dignement. Qu'est-ce qu'elle fait ? Elle travaille ou elle fait partie de ces gens qui n'en ont pas besoin ?

– Elle se destine à être musicologue.

– Extraordinaire ! Bravo, quelle trouvaille ! Écoute-moi bien : tu vas lire sans délai *Ballets sans musique, sans personne, sans rien* de Céline – Louis-Ferdinand Céline, tu connais ? –, et l'argument de ballet fondé sur les mécanismes de la Bourse écrit par Paul Morand. C'est de la littérature bien sûr mais ça devrait l'intriguer, crois-moi.

– Elle a déjà vu ma bibliothèque, qui est plutôt maigre à Paris…

– Ne t'inquiète pas, au pire tu lui expliqueras qui je suis, c'est toujours bon d'avoir un vieil oncle d'Amérique. Tu lui diras que je t'offre des livres étranges à chaque fois qu'on se voit. L'inconnu, c'est ce qui attire l'autre, toujours, depuis la nuit des temps ; après, on passe son temps à vérifier l'existence du mystère initial.

Avant même la naissance de Thomas, Francœur créait des gameplays employés dans le monde entier, il y avait donc de bonnes chances qu'il connaisse les meilleurs choix à faire dans la vie. Il discourait aussi sur l'économie fondamentale, sur les risques de krach financier, sur l'étape du cycle dans laquelle se trouvaient les pays développés et sur la façon dont le Programme ne craignait pas ces contingences.

– Nous ne pouvons subir de dépression économique parce que nous sommes notre propre fournisseur, nous fonctionnons en vase clos, à l'abri des tremblements de terre. En provoquer une en revanche, oui, tout à fait, c'est même certain, mais sache qu'en cas de crise économique et financière totale, cela ne fera que décupler notre influence. Nous sommes, vois-tu, la cause et sa conséquence. Un cercle parfait.

Par moments, son regard scannait le salon de l'hôtel, repérant une call-girl à son maquillage ou une rencontre adultérine. Il analysait avec une lucidité effrayante les rapports de force entre les couples et les membres des familles attablées, lui qui n'avait ni l'un ni l'autre. Parfois, si la brûlure de l'alcool que cachait mal la pantomime colorée des cocktails ingérés réveillait certaines zones reculées de son cerveau, il se mettait à deviser sur l'art, abandonnant sur le bas-côté une partie de son auditoire. Francœur évoquait rarement la politique, dans sa sphère elle appartenait à un monde révolu ou impotent.

À la fin de leurs rendez-vous, Thomas aimait l'interroger sur le Japon, où celui-ci vivait une partie de l'année. À chaque évocation d'une île inconnue, d'un idéogramme éloquent, de mœurs insondables, d'un boui-boui exceptionnel en banlieue d'Okinawa ou d'un plat ancestral, le regard du jeune homme s'allumait. Peut-être le vieil homme sans frontières avait-il trouvé sur cette terre illisible une sorte de port d'attache inespéré – et pas seulement parce qu'il pouvait encore y fumer un peu partout, comme le prouvaient les taches de nicotine sur ses doigts. Thomas avait confié à Hélène son rêve de visiter l'archipel nippon en plein hiver, de faire le tour du pays dans une petite voiture cubique au milieu des paysages enneigés, dans les villes comme à la campagne, de se noyer dans cette langue en forme d'art martial et de se perdre partout. Déjà, le novice possédait la somme nécessaire au voyage, encore fallait-il la convaincre de l'accompagner et lâcher le Programme.

VI

Control

Ce jour-là, Hélène lui avait donné rendez-vous place de l'Opéra. Chez Bound, nul ne s'était aperçu de sa rencontre amoureuse. L'entreprise était ce lieu où venaient mourir toutes les préoccupations d'un autre ordre, et plus l'établissement était récent, moins ce qui se déroulait hors de ses frontières n'avait d'importance. Une guerre aurait pu éclater dans le 12e arrondissement, cela n'aurait pas compté tant que les pupilles de ses combattants restaient inconnues au tout-puissant scanner du rez-de-chaussée.

Thomas n'aimait pas ce quartier, il ne voyait pas Hélène aller au cinéma au pays des blockbusters et des VF, mais la jeune femme devait être à l'aise partout. Quand on venait du Grand Nord, territoire des plaines glacées, des tempêtes de neige, des grizzlis et des gloutons, tout paraissait exotique. Ses dix minutes d'avance fondaient lorsqu'un long manteau brun aux épaules carrées remonta les marches de l'escalier sortant de la bouche du métro. Celle qui le portait avait le cou ceint d'une large écharpe assortie, le corps couvert d'une robe plus longue encore au pied de laquelle des bottines à talons aux lacets entravant les chevilles trottinaient. Une fois de plus, sa tenue à lui n'était pas à la hauteur – il lui eût fallu renouveler la totalité de sa garde-robe – d'autant qu'elle lui annonça triomphante qu'ils se rendaient en face : à l'Opéra ! On y projetait un long métrage rare, il s'agissait, précisa-t-elle, d'une première mondiale dans une salle aussi grande. Avec son blouson et son jean, Thomas allait à coup sûr se faire refouler. Elle s'en moquait, elle souriait, elle n'avait peur de rien.

Hélène s'élança parmi les bus, les voitures et les scooters menaçants, le tenant par la main. Il n'aurait jamais cru que tant de force puisse se dégager d'une telle étreinte. Thomas était l'enfant, l'adolescent au mieux, il la suivait, il pressait le pas. C'était bien de l'amour, ça, non ? Encore plus beau qu'une nuit à quatre pattes. Il eut soudain envie de rire et de pleurer. L'amour pouvait se fondre dans les gestes, dans les onomatopées, comme de petites choses indélébiles, de l'uranium qui après les avoir irradiés allait s'enfouir dans la mémoire pour des siècles et des siècles. Juchée sur ses bottines de cuir, elle le dépassait allègrement, il ne l'avait pas remarqué avant. Il pensa à se laisser pousser la moustache, ça lui plairait peut-être. Son parfum de vanille poivrée, bordé de sucre et de soufre, cette douceur obsédante, triomphait de cette place, de ces horribles cars à deux étages, du brouhaha, des paroles ineptes prononcées dans toutes les langues, des parapluies tenus par des gnomes que suivaient des grappes de touristes.

Des couples, jeunes ou vieux, des familles entières entraient sans cérémonie aucune au Palais Garnier. Les portes dorées, immenses, sculptées, les avalèrent eux aussi. Il devait prendre le temps d'observer et de comprendre, d'enregistrer les millions de signes, de boire tout cela. Il fallait qu'il oublie le Programme un instant.

À l'intérieur, au pied de statues, des agents d'accueil souriants en uniforme sombre les aidaient à s'orienter. Des escaliers descendaient on ne savait où, deux énormes chandeliers éclairaient le hall immense. L'édifice était irrationnel, précis, incontestable, sublime, vulgaire aussi. Les mots ne lui rendaient pas justice, il fallait justement de la musique pour saisir de quoi il retournait exactement. Chaque pièce de mobilier était portée par un esclave, ici on s'asseyait sur le sens de l'Histoire, on en faisait des éventails. « Amphithéâtre » – « Baignoires » – « Orchestre ». Il eût aimé prendre un bain avec elle mais ils se dirigeaient ailleurs. On avait peint les plafonds, les murs, le sol, des rosaces, des étoiles, des feuilles de laurier, des lustres poussaient partout. Les deux silhouettes montèrent d'étage en étage jusqu'à atteindre un couloir circulaire recouvert de moquette. De l'or. Il y en avait partout, comme dans un temple maya. Des corps sculptés aussi, peut-être des anges.

Une jeune femme les fit entrer dans une loge aux parois de velours rouge qui s'ouvrait sur la scène en contrebas. 14B. Devant eux, un immense gouffre creusait le centre de la pièce montée. Au plafond, des dessins d'enfants. Thomas dévorait tout des yeux et, pour la première fois, il ressentit de l'inquiétude. Ce qui charmait les uns l'intimidait. Avant toute chose, il lui fallait comprendre la signification de ce lieu et pourquoi Hélène l'y avait amené. Il avait cru qu'en sa présence le temps ralentirait, que sa beauté et son intelligence freineraient la marche du monde pour en faire briller les rares joyaux, or, à sa grande surprise, elle l'accélérait, elle jetait de l'huile et du parfum sur le feu. Cette grande fille n'était rien de moins qu'une incendiaire.

*

Au milieu de cette débauche, un immense écran descendit du plafond surplombant la scène. Il glissait avec un léger bruit mécanique et commença à boucher l'horizon : Hélène et Thomas allaient bel et bien assister à la projection d'un film. La seule information dont il disposait – le long métrage durait deux heures cinquante-trois minutes – le mettait mal à l'aise. Autour, les gens savaient pour quelle raison ils patientaient là, ils s'étaient même habillés pour la circonstance. Il ne servait à rien de jouer au spectateur blasé, Thomas ressemblait à un oiseau découvrant la caverne d'un tigre. Mettant fin au silence, les musiciens de l'orchestre en contrebas essayèrent leurs instruments, des sons stridents retentirent. Plutôt que de s'entraîner à couvert, ils avaient choisi le chaos.

– Pour certains amateurs, cette cacophonie offre la meilleure expérience, plus encore que le concert, l'opéra ou le ballet, lui expliqua la jeune femme. Quelques-uns les enregistrent et savent même les reconnaître…

Un visage aux traits durs, celui d'un homme coiffé d'une perruque des siècles passés, apparut à l'écran. Sur ce dessin noir sur fond blanc, on distinguait ses yeux aux contours maquillés et cernés. Don Giovanni avait un regard autoritaire, renforcé par ses lèvres fermées, fines comme celles des tyrans. Le film portait son nom. Juste en dessous, trois petites ombres vêtues d'une large cape et d'un chapeau noir, sur la face desquelles avait été posé un masque blême, venues elles aussi d'un temps de malheur et de beauté. Thomas pensa à la peste, à une mort lente, à un supplice, à la ville de Venise où il n'avait jamais mis les pieds. Il allait s'y noyer.

« Le vieux monde se meurt, le nouveau monde tarde à apparaître et dans ce clair-obscur surgissent les monstres », cette citation signée Antonio Gramsci ouvrait le long métrage. La mer, on entendait la mer, les vagues battaient contre un bateau ou un ponton.

Un déluge, de cordes, de cuivres cousus comme dans une tapisserie, des embardées de hallebardes, des glissades. Lui était déjà trempé, saisi par cet orage. De temps à autre, l'hôte de la tempête regardait Hélène pour voir si elle dirigeait l'orchestre. Il pleuvait de l'or noir, des larmes. Dans les couloirs de ce qui ressemblait à une église, Don Giovanni, tout de blanc vêtu, se pressait parmi les nobles et les ecclésiastiques en habit d'apparat. Puis, dans un ciel chargé de nuages, une embarcation arriva quelque part dans Venise. À quai, un homme fardé ouvrit une porte de fer et fit entrer l'innombrable équipage. À l'intérieur d'un bâtiment obscur, les invités costumés se réunirent autour d'une forge où travaillaient des souffleurs de verre, Thomas avait chaud lui aussi. Ce n'est qu'au tableau suivant qu'un des personnages commença à chanter.

Don Giovanni sortit d'un palais en se cachant le visage. Poursuivi par une femme, il courut jusqu'à ce qu'apparaisse le père de son amante de la nuit. Épée à la main, le vieil homme le défia puis tomba transpercé par la lame de l'étranger. Trempé de pluie, il dit sentir son âme s'envoler en pointant du doigt Don Giovanni qui le salua avec son chapeau avant de quitter les lieux. « Bravo ! Deux beaux exploits ! Forcer sa fille et tuer son père ! » le félicita son valet. À l'évidence, le livret avait été écrit quelques siècles plus tôt. La femme abandonnée chanta un petit requiem, elle allait se venger. Tout était surjoué, démonstratif, excessif, ridicule et beau. L'ensemble ressemblait à un numéro pour enfants et à un brasier. Thomas prit d'emblée le parti de Don Giovanni : sans lui, le spectacle perdait en intensité.

Comme les prédateurs, il sentait l'odeur des femmes à distance. Une nouvelle proie apparut et le valet, qui tenait les comptes des exploits galants de son maître, révéla qu'il y en avait déjà eu plus de mille huit cents, des femmes de tout genre et de tous âges, toutes classes sociales confondues. Thomas assistait au récit de la vie de Harvey Weinstein. Dans la campagne italienne, Don Giovanni dévorait du regard une adolescente nue assise au bord d'un lavoir. « Sa passion prédominante est la jeune débutante », précisa le valet.

Des instruments enlaçaient le film, ils les enlaçaient eux aussi, des serpents, des serpents gonflés de mots latins. Les scènes se répétaient et s'étiraient à l'infini, Thomas n'aurait pu jurer ne pas s'endormir. Abreuvées de mensonges, les femmes enamourées commencèrent à mettre en doute leur amant. « De ce mufle, il faudrait juger l'âme noire. » À plusieurs reprises, elles dirent « se sentir mourir », et lui aussi aurait pu, il se laissait porter et regardait Don Giovanni courir à sa perte. L'ombre du Commandeur, un nom étrange donné à la mort, comme si elle était un officier du plus haut rang, le suivait déjà.

Il pleuvait encore, Thomas ne regardait même plus les jambes d'Hélène pour voir où s'arrêtait la robe. À leur arrivée dans la loge, il s'était imaginé faire l'amour et d'autres choses encore dans ce huis clos ouvert sur un orage. Il aurait fallu le lui faire comprendre, lui prendre la main, l'embrasser comme jamais, mais sans passer pour Don Giovanni qui là courait dans un château, lui aussi à la recherche d'une étreinte. Dans le déluge et les voix, on sentait la présence du Commandeur. Hélène respirait, son cœur soulevait sa poitrine, c'était une épreuve physique cet opéra, et Thomas nageait à contre-courant.

Acculé, Don Giovanni invita dans une ultime provocation le Commandeur à sa table. Il avait dépensé sans compter, conviant amis et pique-assiette. Quand sa dernière soupirante vint solliciter son amour, il la rejeta pour mieux se goinfrer. La mort avait accepté l'invitation et, semblable à une statue, elle affirma ne se nourrir que de mets célestes tels que l'âme corrompue du héros. « Repens-toi, change de vie ! » exigea-t-elle, mais le fabulateur ne put s'y résoudre. Il possédait tout le monde parce qu'il n'avait aimé personne, personne d'autre que lui-même, aussi, rien ni personne ne pouvait le sauver. Bientôt, le froid le saisit, puis les flammes de ses péchés. Damné, Don Giovanni tomba dans l'âtre.

*

Trop vite, depuis trop longtemps. La dernière ligne droite. Trois écrans emplis de lignes défilant continuellement ;

certaines clignotaient. Enfermé dans le silence absolu du casque, Thomas faisait le vide afin de mieux voir, de mieux comprendre. Chacun des codeurs était tout entier dans sa propre composition et lui volait au-dessus d'eux, il surfait sur les tempêtes, il examinait les dégâts, lançant au besoin des éclairs. Sur l'écran vertical s'affichait la colonne vertébrale du Programme, un deuxième ordinateur présentait quelques notes, des rappels, la recension des erreurs précédentes, les nœuds à éviter, les alertes, son antisèche formulée dans son sabir à lui, et sur le dernier, placé sur sa droite, les ordres des membres de la bande en action se succédaient.

Le reste, tout le reste, le travail des semaines précédentes et à venir, la destination finale surtout, les portes de sortie en cas d'accident, les déviations à emprunter, les relais avec les dizaines d'équipes à l'extérieur, les pauses forcées, les actions expresses à accomplir, Thomas l'avait en tête. Les intelligences artificielles génératives américaines, israéliennes ou chinoises avaient échoué à effectuer cette tâche : elles lisaient tout au pied de la lettre, ligne par ligne, signe par signe, elles ne savaient regarder le monde qu'avec une loupe et, si puissantes fussent-elles, elles s'embourbaient. Leur infinie puissance de calcul ne servait, dans ce cas précis, à rien.

Thomas Hèvre, chirurgien d'un nouveau genre, examinait chaque opération à cœur ouvert. Tout suivre, tout voir, tout relire. Repérer, modifier, corriger, avertir, crier au besoin. Il avait tendu une corde entre deux gratte-ciel et avançait dessus avec une lourde barre métallique entre les mains. Des heures durant, tout bougeait, tout tremblait, le vent arrivait de face et le moindre mouvement inopportun était transmis à la corde, qui le renvoyait à Thomas et à la barre. Le reste de l'équipe faisait de même, chacun en équilibre sur une corde plus courte, toutes reliées à la sienne. À certains moments néanmoins, des images s'imposaient à lui, des images venues d'ailleurs, comme des sursauts, tirées de sa séance à l'Opéra la semaine précédente, du corps d'Hélène cette nuit-là, de leurs torsions réciproques, des sortes d'entailles, des flashs, des glitchs, il n'y avait pas d'autre mot, comme si la réalité la plus intense devait s'immiscer dans son travail. Ces larsens interrompaient la musique silencieuse de sa relecture et il les faisait taire.

Sous ses yeux, une pyramide nouvelle prenait vie. Champollion, explorateurs, esclaves, Indiana Jones, ils étaient tous là. L'étau se resserrait, ils manquaient de temps et d'espace, les milliers de lignes de code ne cessaient d'inventer de nouvelles pièces dans la grande structure, fausses ou vraies, la plupart cachées. Il ne servait à rien de compter les heures, les fils, les arêtes des blocs finiraient par se rejoindre, un écheveau troué n'a rien d'une toile, la chambre secrète viendrait plus tard, sans doute le lendemain ou dans la nuit, s'ils ne revenaient pas en arrière, Toutankhamon trônait derrière, observant Moïse, le guide, Thomas était l'entonnoir, la pyramide dans la pyramide.

VII

Reset

Vingt heures de sommeil, vingt heures reliées au grand nulle part : Thomas venait de battre son record. Son père dormait tout autant après le dernier jour de moisson, quand la poussière dorée retombait sur les champs rasés de près et que les rapaces tournoyaient au-dessus à la recherche des bêtes mises au jour. En matière de pression, le jeune homme avait longtemps cru que rien ne pouvait dépasser cette guerre se déroulant chaque année autour de la ferme pendant quelques jours. En rentrant, il n'avait même pas écouté Hélène, elle, en revanche, avait dû l'entendre s'écrouler et ronfler.

Le matin, il avait acheté des viennoiseries pour tout le cinquième étage – cela se faisait lors des grands moments de la vie en entreprise, or la bande avait passé près de cinquante heures à travailler sans interruption. En règle générale, un bon analyste programmeur pouvait coder jusqu'à vingt-quatre heures d'affilée. Après, pour éviter que la fatigue ne provoque son lot d'erreurs fatidiques, les amphétamines ou des substances équivalentes entraient en jeu. Seulement les entreprises disposant d'un dealer en pharmacopée et d'une ligne de budget afférente avaient également la capacité de se retourner contre lui. Les lois ne concernaient pas ces corporations, c'était la première chose à comprendre quand on mettait les pieds dans une des multiples colonies de la Vallée. Hors des lois, hors du monde, puisqu'ils bâtissaient le leur.

*

De mauvaise grâce, Thomas avait accepté le rendez-vous alors qu'il rêvait de silence, de neige et d'obscurité, il n'avait jamais rien su refuser à son mentor. Francœur lui avait forcé la main en le convoquant à l'autre bout de la ville dans un immonde gratte-ciel complété d'un restaurant au dernier étage. Qu'est-ce qu'il lui prenait ?

Le vieux gourou avait choisi une table collée à l'immense baie vitrée. Autour d'eux, de riches Américains, Anglais, Indiens bruyants et mal fagotés ainsi que de simples touristes ayant cassé leur tirelire pour impressionner leurs enfants avec la vue imprenable. Juchées sur des chaussures à talons, des jeunes femmes vêtues de bleu marine avançaient avec difficulté ; elles travaillaient là mais n'appartenaient pas à ce monde. Au pied des tables, de larges sacs monogrammés dormaient, signe de ralliement masquant la laideur et la banalité de leurs nouveaux propriétaires. En bas, Paris s'étendait comme un étang métallique où sommeillaient des reptiles gonflés d'ennui. Il était 11 h 30 et Francœur sirotait, tout à ses pensées, un liquide de couleur argentée dans lequel baignait une cerise. En dévisageant son invité, il sourit.

– Tu vas voir, tu ne t'es pas déplacé pour rien. Thomas, tu ne le sais peut-être pas mais nous sommes en pleine guerre mondiale. Pas la première, pas la seconde, mais la troisième, celle du contrôle du désir des individus. Regarde : la télévision et la publicité au XXe siècle, Internet, les réseaux sociaux, la VR, les plateformes, l'IA au XXIe. Et puis le Programme, qui va parachever le mouvement à sa façon. Ce n'est pas qu'une affaire de corporations et d'empires commerciaux ; une lutte nouvelle a commencé : la bataille de l'individu contre le désir qui l'occupe.

Francœur avait repris sa position favorite, celle du sachant qui entame une conférence TED. Cela pouvait durer des heures. Hypnotisé et vissé à son siège, son interlocuteur ne pouvait qu'essayer de lui renvoyer la balle.

– Tu as l'avenir devant toi, et je n'emploie pas ici une formule à la con. Contrairement aux autres membres de l'équipe, tu n'as pas besoin du Programme pour exister, ton art s'exercerait de toute façon. De toute éternité, ai-je envie de dire. D'ailleurs, quand le Programme sortira et que les gens et ceux de la bande s'y connecteront immédiatement ; toi, tu ne le feras pas.

– Je ne comprends pas. C'est quoi votre idée ? Vous voulez me virer ?

– Bien au contraire : nous te promouvons. Mais ailleurs. Tu verras. Nous allons fêter ça avec une bouteille de champagne millésimé…

Francœur était tout simplement fou, fou à lier. Thomas ne pouvait quitter le Programme avant sa finalisation, il perdrait tous les bénéfices d'un tel lancement. Malgré la lassitude qui le gagnait, il fallait lui faire entendre raison.

– Je vais abandonner ton cas quelques minutes pour prendre un peu de hauteur, pour que tu comprennes exactement à quels enjeux tu es mêlé. Ton père a dû te le dire, le nez sur le guidon on ne voit pas grand-chose de la route du Tour. À force de bosser, tu as dû te rendre compte que la véritable révolution créée avec le Programme, c'est qu'il n'y a plus de frontière entre l'Intérieur et l'Extérieur. C'est un changement épistémologique majeur.

– L'intérieur ?

– L'Intérieur avec un I majuscule. Toi, ce que tu penses, ton esprit, ton âme, tes rêves, ce avec quoi tu as pris ton scooter ce matin et avec quoi tu surveillais les feux de circulation, les mouvements des autres véhicules, tout en t'interrogeant sur la raison de notre entrevue... Je te parle de cet espace-là dans ta tête, c'est ça l'Intérieur. De nos jours, les sociétés des pays comme le nôtre se débarrassent peu à peu des binarités qui les constituent. Tu as compris, parce que tu n'es pas idiot, que la séparation entre les hommes et les femmes, par exemple, n'est plus viable.

Une autre de ses digressions allait suivre, les phrases au présent de vérité générale ne trompaient pas, il fallait prendre des notes ou enregistrer le soliste.

– Oui, j'ai vu : le renouveau du féminisme, #MeToo, la fin de la domination masculine...

– Voilà. Cela aura pris des décennies, des siècles, mais c'est irréversible. Et tant mieux, bordel ! Avec le Programme, nous mettons fin à une autre grille de lecture, beaucoup plus ancienne et beaucoup plus profonde... Tu connais mon jeu *L'Arche du Captain Blood* ?

– Un peu. J'ai regardé des vidéos qu'on trouve encore en ligne mais je n'y ai jamais joué. Tout le monde m'en a dit un mot à mon arrivée et comme tous les rétrogamers puristes Pierre en possède une copie.

– C'est l'ancêtre du Programme.

– Hein ?

– La phase -1, si tu veux. L'intrigue est simple pourtant, écoute bien : le capitaine en question est prisonnier de son vaisseau spatial – arche, vaisseau, logiciel, programme, vie, vie réelle, vie de merde, appelle ça comme ça t'arrange – et pour en sortir il doit retrouver ses clones disséminés dans l'univers. Le programme du jeu en question part de l'Intérieur, du vaisseau, et se dirige vers l'Extérieur, vers les planètes, vers les vallées si tu as vu les images dessinées avec des courbes sinusoïdales de couleur bleue sur fond noir. Tu vois, la phase -1 était plutôt simple en apparence.

– Oui, oui. Intérieur-Extérieur, l'autre binarité.

– Or, avec le Programme, l'Intérieur et l'Extérieur se rejoignent enfin. Définitivement enchâssés l'un dans l'autre. La réalité elle-même est devenue une variable. Finie aussi la différence entre les 0 et les 1 de l'alphabet originel, les fameux « atomes de circonstance » deviennent obsolètes. Comme le métavers, d'ailleurs. Avec Meta, Zuckerberg a pris le problème à l'envers. Le public ne veut pas entrer à l'intérieur d'un nouvel univers, les lunettes de réalité virtuelle sont un tue-l'amour. Idem avec l'IA : les images sont époustouflantes mais elles sont encore une fois destinées à l'écran. Il ne s'agit plus de bâtir mais d'infiltrer, de subvertir

– j'ai mis des années à le comprendre. Picturalement, nous sommes, vois-tu, plutôt des pointillistes.

– Je doute que Zuckerberg ait des notions d'histoire de la peinture…

– D'histoire tout court. C'est cela qui manque aux maîtres de la Vallée : un certain sens de la perspective. Depuis qu'ils ont inventé l'ordinateur personnel, ils tâtonnent dans l'obscurité. L'événement le plus important depuis l'invention de la feuille puis du codex au Iᵉʳ siècle, c'est la création du lien hypertexte en 1945 ! Année de la fin de tu sais quoi, et cette date ne doit rien au hasard. Bref, l'informatique se pense.

– Vous les méprisez ?

– Pas du tout. Je les plains. Tant de puissance et si peu de vision… Ce qui me permet de les conseiller à prix d'or, comme tu le sais. Avec notre invention, nous nous débarrassons pour la première fois de l'outil : pas de smartphone, d'ordinateur ni de tablette. Tu n'as pas idée de la révolution que cela va entraîner ! À terme, des millions de gens vont se retrouver au chômage, des nations déstabilisées, en Asie du Sud-Est surtout. *In fine*, le retour de bâton va être terrible. Nous en avons beaucoup discuté avec Alex, le seul moyen de ne pas se faire écraser à la sortie sera de diffuser au plus vite notre technologie contre une rémunération tout à fait raisonnable. La Blitzkrieg du partage intégral.

Apparemment, Thierry Francœur disposait depuis le premier jour d'un « master plan », complexe structure à tiroirs prévoyant toutes les bifurcations à venir. Qu'il se trouve aujourd'hui au centre de la matrice fabriquant des arches narratives pour le reste de l'humanité n'était bien entendu que justice. À moins qu'il n'ait improvisé tout le long en retombant chaque fois sur ses pattes. Habituellement, Francœur employait ce genre de *punchline* pour mettre fin à la conversation, mais Thomas tint bon : quel que soit le « master plan », il n'y avait aucune raison valable de l'écarter ou de le virer.

– OK, je comprends ce qui a mené au Programme, mais je ne vois pas pourquoi je devrais en sortir maintenant. Et pour faire quoi ?

– Ton savoir-faire – repérer et corriger en temps réel les lignes de code les plus complexes, l'architecture, l'archéologie même d'un programme –, je te l'ai déjà expliqué, est inestimable. Aucune intelligence artificielle, générative ou non, n'y parvient et surtout pas de cette façon-là, immédiate, totalement intuitive. Ton regard et ta faculté d'analyse ne peuvent se programmer. Donc, ce talent, il faut s'en servir au maximum. Et maintenant a sonné l'heure d'aller travailler pour la source…

– La source ? Pour Hastings en direct ?

– Pour les boss du boss. Vous ne le savez pas au cinquième mais le plus gros actionnaire de Bound, ce n'est pas Alex en son nom propre mais Coda, une start-up de la Silicon Valley. Sa holding a investi des centaines de millions dans le Programme et travaille déjà à la suite.

– Mais comment je peux travailler pour eux ?

– De là-bas. Il faut d'abord que tu les rencontres. Avec eux, crois-moi, il n'y a pas de barrière du langage. Ils vont te faire une offre considérable pour que tu fasses la même chose que dans le 12ᵉ arrondissement mais avec ta propre équipe, des moyens infinis et sans te presser.

– En Californie ! Mais pour travailler sur quoi ?

– Quelque chose comme le programme d'après le Programme. À plus grande échelle et avec des racines plus profondes. Je ne peux pas t'en dire plus.

Derrière la baie vitrée baignée de lumière, une immense ligne droite invisible les reliait à l'empire : Francœur avait choisi ce lieu pour la perspective, pour l'horizon à contempler après l'annonce. Le vieux ne laissait rien au hasard. L'appel de l'Amérique, de l'argent et d'un projet plus grand encore : le mouvement de chaque pion avait été soigneusement étudié sur l'échiquier. Un mystère, encore une fois. Le gourou en créait toujours un pour attirer ses disciples là où il avait besoin de les placer : il engageait des marginaux surdoués et il offrait à ces asociaux en quête de reconnaissance un point de chute.

À cette heure, Thomas ne put boire la coupe de champagne, mais il pouvait un minimum envisager l'avenir. Le Programme – fin de tant de choses, « fin de l'homme comme somme de petits secrets », avait déclaré un jour son vis-à-vis – n'était qu'une première étape, un marchepied pour quelque chose de plus grand encore. Le plus convoité des correcteurs n'avait jamais imaginé cela, et il y voyait une forme de couronnement.

Il ne savait pas grand-chose de cette région de l'Amérique. Leur Vallée de silice portait le nom de composés qu'on disait amorphes, certains avaient été fabriqués par des êtres vivants appelés diatomées ou radiolaires – l'hypermnésique avait retenu cela des cours de chimie. Depuis, d'immenses firmes poussées là façonnaient la façon dont chacun percevait son environnement. Il y avait du travail et de l'argent à foison, les fourmis circulaient en véhicule électrique ou dans des bus affrétés par leur employeur et quelques monarques juchés sur leur trône tiraient les marrons du feu. Ces ingénieurs et techniciens de toutes sortes avaient remplacé les clochards célestes du coin, poètes vagabonds inventeurs de la route comme texte il y avait près d'un siècle de cela, au profit de l'architecture d'une sédentarité nouvelle. Une sédentarité à l'échelle du monde, un asservissement béat. C'était du moins ce qu'avait affirmé Hélène quand Thomas, dans un excès de confiance, avait vanté un soir la créativité de la Vallée. Face à la lucidité de la femme qu'il aimait, il n'avait pas défendu sa profession, et encore moins la phase cachée du Programme dont elle semblait déjà pressentir l'indélébilité du règne.

Autant vérifier ces présupposés, tenter, saisir la main tendue avant qu'elle ne se rétracte – la chance ne se présentait pas si souvent –, et puis aviser, quitte à revenir en arrière. On reprochait rarement aux gens d'avoir essayé la nouveauté et le prestige ; au contraire, on les enviait. Assis silencieusement pendant que Francœur, le ventre large et la prunelle brillante, regardait l'Ouest parisien ployer sous le soleil, Thomas observait les infimes bulles qui montaient à la surface de son verre.

Le mentor laissait l'élève soupeser ce qu'il avait à gagner dans cette affaire. De l'argent, beaucoup d'argent, le séjour là-bas bien sûr, la vie qui allait avec, et une ligne fluorescente sur son *curriculum vitae*. Personne n'aurait eu la force de refuser une telle offre, depuis l'époque des conquistadors en quête de l'Eldorado les projets de cette ampleur engloutissaient tous ceux qui s'en approchaient. En Amérique, encore plus qu'ailleurs, l'argent agissait comme un virus, car il permettait toutes les métamorphoses. C'était ainsi que Francœur avait pu mener ses expériences grandeur nature, grâce aux millions d'individus suffisamment fous pour espérer corriger la vie elle-même. Mais Thomas avait également beaucoup à perdre : l'équipe ne lui pardonnerait pas pareille désertion, les copains le répudieraient. Et puis il y avait la divine Hélène, l'élément le plus épineux de l'équation : l'abandonner serait suicidaire, ce n'était pas envisageable. À moins qu'il ne lui raconte tout – tout sauf que le Programme allait occuper le cerveau puis l'âme d'une partie de l'humanité. De l'autre côté de l'Atlantique, il devait bien y avoir des archives à fouiller sur Kraftwerk. Elle conversait en anglais sans accent, il l'avait entendue, sa walkyrie pourrait peut-être le rejoindre, ce n'était pas plus aberrant que le reste.

VIII

Retour arrière

La ville s'éloignait un peu, d'autres rails naissaient ou rejoignaient les siens, des entrepôts plus vastes arrivèrent, des camions, des engins de travaux, et puis d'énormes tas de sable, de gravier, de substances inconnues, des monticules posés les uns à côté des autres, des flaques, beaucoup de flaques, des étangs même, une casse pleine de carcasses pas encore concassées, Thomas aimait les casses, il ignorait pourquoi, des usines cernées de camions à l'arrêt, des choses minuscules se déversant au bout de tuyaux, des hommes petits, debout, s'adressant à des machines, un pont rouge, large, qui disparut, des réservoirs immenses pleins de liquides inquiétants, et lui qui guettait les premiers signes mais il était encore trop tôt, les zones industrielles laissèrent place à de lugubres zones commerciales auxquelles étaient adossées des habitations par dizaines, de plus en plus écartées et grandes, semblables presque toujours, des gares bien sûr, de temps à autre, où des gens patientaient, et puis, plus tard, de longues étendues rases, jaunes, brunes, crénelées, des sillons parallèles dormant, des sous-bois, ridicules au milieu, sombres touffes encerclées, bouts de forêt poussant vers le haut tout de même, des animaux s'y réfugiaient peut-être, qui n'en sortaient qu'à la nuit tombée.

Là commençaient la pire des étapes, les terres immenses qu'on croyait brûlées, désertiques, avec quelques villages posés au loin, un clocher parfois, des fermes aux murailles épaisses, sans personne dehors, juste des hangars, des machines, même pas un chien qui courait, tout autour des galaxies de graines poussaient sur des kilomètres, des lignes à haute tension les surveillaient et au besoin leur envoyaient un peu d'électricité, des éoliennes aussi puisaient dans la puissance des céréales de quoi faire tourner leurs pales. Thomas détestait ces grands morceaux de plaine, où le paysage et la terre avaient été industrialisés, tout avait été coupé, rasé, pour bâtir d'immenses autoroutes jaunes sur lesquelles avançaient de sombres orthoptères d'acier. Tout de même, quelques îlots d'arbres transis parsemaient l'immensité, traces d'anciennes forêts où les derniers animaux allaient se réfugier, fusillés à la première tentative de sortie. Parfois, quand le terrain se pliait un peu, contractant ses muscles, au gré de légères pentes et côtes, les cultures prenaient une teinte plus sombre selon l'inclinaison de la lumière et la vitesse de passage du train.

Cela durait encore, le passager attendait, il savait qu'il triompherait plus tard. Et déjà une première forêt vint se plaquer le long du grillage, le sol s'éleva un peu, se tordit. On ne voyait rien, peut-être que les bêtes cachées derrière la dernière rangée d'arbres regardaient le spectacle du train lancé à toute vitesse. Elles, immobiles à cet instant avant de reprendre leur marche, savaient le rêve des machines vain, elles guettaient la chute, l'arrêt. Le sol entre les arbres se courbait, les collines naissaient, l'herbe courte, verte encore, presque pelée, s'étendait sur des lopins de terre parsemés de feuilles. Des haies plessées séparaient les parcelles d'on ne savait quoi, des champs peut-être jaunes et marron virant au vert quand d'infimes printemps leur poussaient en dedans. Penchés, les arbres gris aux frondaisons brunes apparaissaient envahis de feuilles grimpantes qui leur faisaient une deuxième peau, empoisonnée peut-être, une autre forme de vie. Les collines montaient, petites montagnes sur lesquelles quelques maisons étaient posées au bord de bois déplumés.

Des villages sans doute plus loin encore. Pour l'instant sur le tapis vert pâle un serpent d'eau douce, le ruisseau courbé, avançait en rampant, ses anneaux, osselets sublimes, creusaient le vert jusqu'aux arbres. Aucun pont, ni poteau électrique, les routes étroites tournaient habilement, on avait envie d'y rouler. Il y avait bien quelques clôtures blanches, Thomas pensa à son grand-père qui fabriquait les piquets à la fin de sa vie, seul dans le hangar, coupant, pliant, taillant, il avait dû cerner une partie du monde avant de plonger à l'intérieur.

Il pleuvait. Non, il neigeait. Le voyageur sourit, Thomas l'avait oubliée celle-là, le fruit de la saison, après les châtaignes de l'automne. De larges coulées lactescentes glissaient sur la vitre sur laquelle il avait appuyé son front, elles coulaient, tout coulait pendant ce voyage. Thomas et le train pénétrèrent dans l'ivoire, la gangue avait tout submergé sauf les trous d'eau, les haies bocagères résistaient, le vent tordait les arbres, le bétail devait avoir froid. Cette pâleur lui rappela ses jambes d'enfant, maigres, des bâtons courant dehors avec les chiens qui s'étaient succédé, ils lui tournaient autour comme des fous, le gros au poil touffu qui allait se battre dans les autres fermes alentour, la petite noire douce, le chien de garde d'après qui aboyait contre les animaux de passage la nuit et contre le facteur le matin. Sans que l'enfant n'ait compris alors pourquoi, de moins en moins de voitures s'étaient arrêtées – le médecin à l'époque où il se déplaçait encore, les voisins, les chasseurs ayant la fringale, EDF quand il fallait réparer les câbles électriques ; seuls quelques promeneurs à la recherche des rares pigeonniers s'égaraient parfois. La ville désormais retenait les gens et les obligeait, eux, à venir à elle.

Le jeune homme entrait dans ses terres. Le paysage s'enroulait autour de lui, il se pliait pour lui, il commençait à faire des vagues en dévidant les forêts, les collines et les buissons. De minuscules larmes apparurent au coin de ses yeux, comme si à travers la double vitre du train l'air glacé de l'extérieur le piquait. Ce n'étaient pas tant ses parents à revoir que la Bourgogne tout entière qui lui remontait à travers la gorge grâce à la génuflexion crayeuse qu'elle lui offrait. Quelques renards devaient courir après le convoi, les hiboux, les faucons et les corbeaux volant à sa suite, les biches le regardaient passer, même le ciel envoyait sa lumière orangée rasante, tout et tous habillés de couleur fauve en signe de bienvenue. Toutes les odeurs, celles des champignons, du bois mouillé dans les taillis, de la boue, allaient venir à lui, il le devinait, les cours d'eau gelés, les rondins entassés, les moutons et les vaches autour, les villages plus haut qu'il ne reconnaissait pas, tout se réchauffait. Il était bien trop tôt pour le printemps, alors une pause peut-être, une rémission ou une belle journée d'hiver.

Le train pencha légèrement vers la gauche, sa trajectoire se tendit, il entamait un long virage, les forêts et collines nues s'écartèrent, la lumière s'intensifia, tous entraient dans l'immense vallée. La beauté, la beauté le saisit, comme si, quand, plus jeune, il répudiait tout cela, il ne l'avait pas tout à fait saisie. Au loin, de véritables montagnes vertes au toit aplati, comme celles orange et terreuses des westerns, espacées par des canyons peut-être. Des cow-boys, il n'y en avait pas vraiment, mais des Indiens, oui, des irréductibles de toutes sortes disséminés là où les forêts s'approfondissaient, dans des clairières, abrités par de vieilles bicoques, avec des animaux boiteux, de l'alcool fait maison et des bagnoles pas possibles. Il entrait chez eux, peut-être voyaient-ils passer le convoi de malheur, sa vitesse, sa forme fuselée, même les arbres les plus élevés n'avaient pas cette arrogance d'arme. Des chevaux, il pensa aux chevaux, à leurs yeux pleins de tendresse et d'indifférence pour les hommes, à leur peau qui tremblait quand on la touchait, au mystère irrésolu qu'ils contenaient, il en vit.

C'était à tout ça qu'il allait dire qu'il partait encore. Pour beaucoup plus loin, pour il ne savait combien de temps, pour un projet fantomatique, indistinct, virtuel. Alors que Thomas s'attendait à un billet électronique ou à un QR code, il avait reçu son billet d'avion dans une belle enveloppe. Ce genre d'attention était du Francœur tout craché. Place A7, un chiffre supposé porter chance chez les joueurs. À l'arrivée, quelqu'un l'accueillerait, prendrait en charge ses bagages et l'accompagnerait en voiture dans sa nouvelle demeure, il n'aurait qu'à se laisser porter, comme les vedettes invitées dans les festivals. Si nécessaire, une entreprise de transport irait chercher ses biens volumineux et les lui expédierait. Il lui faudrait oublier Paris, il avait l'impression d'avoir à peine goûté la pomme, tout allait trop vite et cela ne lui déplaisait pas. La planète était un Rubik's Cube et les faces venaient à nouveau d'être modifiées.

Sa situation présentait néanmoins un avantage : son éloignement et leur solitude redoublée lui évitaient de raconter à ses parents certaines choses. Enfant, Thomas n'avait jamais pu tout leur dire, à chaque pan dévoilé malgré lui, un autre se dérobait à leur regard. Dans le Morvan, on savait la terre mère des silences, on se demandait même si les forêts ne poussaient pas ainsi, pleines de cet humus bourré de secrets de toutes sortes. De toute façon, les choses arrivaient toujours de loin, la distance à tout amortissait les chocs, l'espace autour, la forêt, les montagnes, les lacs, ce bois partout, dressé ou sectionné, ces routes perdues et ces sentiers cachés coupaient court à la violence de l'immédiateté. Il y avait bien la mort des animaux, celle des chiens, des chevaux, des ânes, celle aussi des animaux sauvages, sangliers, cerfs, chevreuils, lièvres stoppés net dans leur élan, bécasses tombées du ciel, qui seules semblaient l'espace d'un instant arrêter le cours des choses. Ce serait plus difficile que la dernière fois, mais ses parents cette fois étaient entraînés. Un exilé ne revenait pas aussi vite se plonger dans le givre et le brouillard sans avoir quelque chose d'important à dire, ils avaient dû penser à une maladie soudaine, à la mort, au licenciement, à la non-adaptation à la vie parisienne, au mal du pays. Thomas ne pouvait leur annoncer ça au téléphone, ces choses ne passaient pas par les appareils.

Il eût fallu arriver avec un bouquet de fleurs acheté dans la capitale peut-être, avec une tarte à la rhubarbe violette, comme les voisins bienveillants des pays du Nord, un dessert que ses parents aimaient. Une fois de plus, le fils débarquait les mains vides. Il ne savait pas faire, il ne comptait que sur son amour et le leur. Encore une fois, Thomas craignait les mots. Pour donner corps à ce qui allait suivre, il essaya de reconstituer dans sa tête la pièce où la scène allait se dérouler. La grande table du salon, le vieux canapé, la commode, la cheminée et le meuble surmonté de bibelots. Le parquet surtout : il connaissait le bruit des planches ployant sous le poids des occupants par cœur, chacun avait le sien. Il y avait bien des livres, il tenta de s'en souvenir. Des ouvrages sur la guerre, la guerre sous toutes ses formes, la grande, la petite, les autres encore sous les palmiers, comme si cette génération l'avait ratée et qu'elle en cherchât une trace, un éclat d'obus, une main, une médaille, plantés là sous son nez. Une preuve qu'ils l'avaient traversée eux aussi. Peut-être qu'avec cette nouvelle lui aussi leur faisait la guerre, il tenait là une bombe, une bombe si puissante qu'elle n'avait pas besoin d'éclater pour fissurer leur monde. Les combats avaient épargné leur coin, avait-il toujours cru ; il y avait bien eu des règlements de comptes, des sabotages, des tortures, des cris rentrés, mais peu d'histoires, et trop imprécises pour qu'elles se greffent sur un os de taille. L'Histoire était passée ailleurs avec sa tempête, ses orages et ses silex plantés dans la tête des hommes.

*

Thomas comprit immédiatement. L'absence de sa mère sur le quai de la gare, la silhouette voûtée de son père comme s'il penchait du côté gauche désormais, se rapprochant un peu plus de la terre, ses traits creusés où seules brillèrent ses prunelles quand elles reconnurent l'enfant descendant du train.

– Oui, je suis binoclard maintenant.

De fines lunettes à monture de fer, minuscules entre ses larges mains lorsqu'il les retira pour lui faire la bise. Il rouillait, ce devait être à cause de l'humidité et de la pluie. Le paternel à gueule de porte fermée sourit juste le temps de lui annoncer la mauvaise nouvelle :

– Ta mère est pas là, elle est avec le vétérinaire, les vaches vont pas bien.

Son sac fut soulevé d'un coup – depuis son enfance on n'avait jamais cru qu'il pût le porter – et le train repartit sans même qu'un chef de gare ne siffle. Une seule chose rassura Thomas : Jean ne portait pas de manteau malgré les nombreux flocons.

Trop léger pour s'enfoncer dans les ornières, le C15 blanc aux ailes bosselées se jouait de la neige et du verglas. Au sommet de la colline, avant que la route ne plonge vers la ferme, les voisins, ceux qu'on surnommait les Cendrier à cause de leur habitude de brûler du bois mort en toute saison, avaient coupé toute une portion de forêt, le paysage s'ouvrait vers les champs et le hameau. La maison demeurait là, les dépendances aussi, cernées par la boue et la neige. Suzanne se tenait sur le seuil, elle les regardait arriver.

L'embrassade fut brève, le vétérinaire venait de formuler son verdict : le cheptel avait la gueule de bois. L'expression ne faisait pas rire les éleveurs, car elle désignait également l'actinobacillose, une saloperie qui filait des abcès aux bêtes, les empêchant de mastiquer : incapables de se nourrir, les vaches bavaient des jours durant jusqu'à crever. Le vétérinaire en avait piqué certaines mais il n'avait pas assez de pénicilline pour tout le troupeau, il repasserait le lendemain. Avec son histoire de débauchage, de contrat, d'intéressement aux résultats et de vol en fin de semaine, Thomas arrivait comme un cheveu sur la soupe que sa mère avait préparée, épaisse, brûlante, pleine de légumes de saison, des morceaux de lardons et de pain baignant dedans. Il retombait non pas en enfance mais dans un autre espace-temps, le multivers n'avait rien inventé.

Le fils attendit le dessert et la fin de la litanie des plaies s'étant abattues sur ses pauvres parents. À l'évidence, son départ de la maison avait ouvert une nouvelle saison dans la destinée de ce lieu. Un hiver sournois et profond engloutissant la faune, la flore, la ferme et tous ses occupants avait commencé. Sa mère avait le regard ombrageux, ses gestes étaient moins précis, brusques, heurtés, de la soupe avait même été renversée sur la toile cirée. Dans le Morvan, décembre et janvier, mois pourvoyeurs de soucis de toutes sortes, avaient toujours été la saison la plus difficile, mais il s'agissait là d'autre chose. La gueule de bois des vaches succédait à d'autres calamités, une sécheresse infernale avait ruiné l'été et l'automne, lentement et sûrement, les cultures crevaient les unes après les autres et toutes les fermes du coin voyaient leurs murs se lézarder, la leur ne faisant pas exception. On n'y pouvait rien, comme en toute chose à la campagne, les éléments quels qu'ils fussent triomphaient toujours, chacun le savait et finissait tôt ou tard par le répéter aux nouveaux venus.

Thomas ne les écoutait plus. Tout cela coïncidait avec son départ pour Paris, et il n'avait pas même encore annoncé son nouvel exode. L'énorme énergie américaine emmagasinée les derniers jours s'échappait maintenant de ses frêles épaules et de sa tête trop pleine, elle filait au plafond, enveloppait les poutres ancestrales et passait à travers les fissures, il fuyait, Thomas, et sa fuite envahissait le vaste grenier plein de meubles des générations précédentes, de lits d'enfants morts, de fauteuils percés, d'habits bien pliés enfermés dans des coffres, d'une collection de *Chasseur français* et de tant d'autres choses révolues. Au contact de cette mémoire de bois, de papier et de tissu, la légende dorée se diluait à petit feu jusqu'à ne plus ressembler qu'à un vilain mensonge que la cheminée recrachait parmi les flocons de neige et le ciel usé teinté de violet.

Bien sûr, ils ne croyaient pas à une visite de courtoisie, le père persuadé qu'avec la capitale ça ne prenait pas, et la mère que le fils avait toujours besoin d'eux et de ce lieu qui l'avait vu naître. Depuis quelques heures, ils avaient même oublié les tourments, ses parents cessaient de le percevoir comme un problème, il incarnait désormais une solution, ce qui était encore plus hasardeux. Eux non plus n'avaient pas tout dit, d'ailleurs, ils n'avaient pas évoqué les voisins qui les poussaient à vendre, ils voulaient tout acheter les bougres, le tracteur, la maison, les terres, les bois, cela prendrait le temps qu'il faudrait mais eux aussi devaient agrandir leur petit empire de peur qu'il ne s'écroule. Au pied des montagnes du Morvan, la prédation du capital n'avait rien à envier aux fonds d'investissement des villes d'acier et de verre, l'une était plus visible que l'autre, voilà tout. Des deux côtés de la planète, on volait le temps aux hommes.

Dans ce vieux pays anthropophage, les paysans cannibales s'observaient du coin de l'œil en aiguisant leurs couteaux à pain. Pour l'instant, les Hèvre tenaient bon, les guerres n'avaient pas vaincu leurs aïeux mais il s'agissait cette fois-ci d'un incendie d'une autre trempe. Et le fils revenu de la capitale, malgré son métier de scribe et de magicien, relâché par la grande ville grise, leur donnait soudain autant de force qu'il leur en avait ôtée en partant.

L'idée ne lui vint pas immédiatement, elle s'insinua en lui. Au gré de leurs questions, il comprit qu'ils s'étaient fait un roman de sa vie parisienne et de ses impénétrables fonctions. Il eût fallu d'abord détricoter tout cela, reprendre à zéro, c'était de sa faute, il ne leur en avait pas dit assez, ils n'avaient pas assimilé la nature du Programme ni ses conséquences. Sans cela, il ne pouvait expliquer la portée du projet et encore moins l'intérêt de traverser le monde pour mieux le renverser. Le couple parlait à sa place, ils racontaient les arbres désormais, il les laissa faire, les écorces se décollaient, les scolytes, des insectes cambiophages, commençaient à apparaître à la surface pour sucer ce qu'il restait de vie. Ils parlaient bestioles, il pensait stratégie. Le subterfuge lui vint à l'esprit alors qu'il s'apprêtait à leur expliquer que le recours au télétravail n'avait pas cours chez Bound. Une hypothèse vicieuse, un véritable poison. Puisqu'en temps normal Thomas ne répondait jamais au téléphone, s'il taisait maintenant, là face à eux, sa traversée de l'océan Atlantique et son installation dans la Vallée, Jean et Suzanne n'auraient aucun moyen de savoir que d'ici quelques jours il vivrait à neuf mille kilomètres de distance avec neuf heures de retard, une fois là-bas il n'aurait qu'à les rappeler à l'heure française le lendemain, ils ne lui en voudraient même pas, leur fils indigne avait toujours agi ainsi. À quoi tenait une mystification aussi immense ? À quelques mots qu'il suffisait de ne pas prononcer, à une omission de rien, à un détail. C'en était presque beau.

Contrairement à lui, ses parents avaient la force d'affronter les éléments, de planter leurs membres dans la terre afin de ne plus jamais en sortir, elle devait couler dans les veines des arbres et des paysans et lui en était dépourvu. Il préféra inventer un mensonge de la taille de la Bourgogne, une cascade sans filet qu'aucun trapéziste n'eût osé tenter. Les oiseaux, ils en étaient aux oiseaux partis on ne savait où, à la nidification problématique, à l'étiage des cours d'eau, aux mares, aux ornières privées d'eau, aux mangeoires à remplir, tout y passa. Chaque fléau, chaque maladie portait un nom scientifique, et un sobriquet presque amical pour ceux qui accompagnaient les familles du coin depuis des générations. Pour la première fois, Thomas y prêta attention, comme il avait auparavant découvert puis oublié le mal frappant les lointains cobayes du Programme lorsqu'on leur ôtait l'implant, une nouvelle forme de syndrome post-traumatique que Francœur un jour en réunion avait lui aussi balayé d'un : « Qui aujourd'hui se souvient des symptômes touchant les premiers utilisateurs des simulateurs de vol dans les années 80 ? À part moi, absolument personne. Un non-événement donc, sujet suivant s'il vous plaît. » Camoufler son exil constituait une manœuvre diabolique mais Thomas préférait les laisser vivre dans leur propre mensonge, celui de la poursuite d'une activité vouée à disparaître, et entourer celui-ci avec délicatesse du sien – un ruban de papier cadeau n'avait jamais fait de mal à personne. Le savoir à Paris les rassurait finalement, ils avaient digéré son départ, leur fils plein aux as n'était qu'à quelques heures de train, il écrivait le scénario d'un jeu grandeur nature auquel s'abonneraient les geeks des villes, cela suffisait bien. Et ce, loin des dangers de la Vallée, patrie des robots dévoreurs d'enfants. Ne pas leur dire changeait tout : ils s'inquiéteraient moins et cela les rendrait plus forts pour affronter la dislocation de leur environnement. Ainsi, il leur rendait service. La vie commande parfois de mentir le mieux possible pour ne pas souffrir ni faire souffrir les autres. D'ailleurs, son métier ne consistait-il pas à composer la plus sophistiquée des contre-vérités ?

Sonné tout autant que tiraillé, transpirant, Thomas sourit à ses parents du mieux qu'il put, il n'entendait plus l'horloge, elle aussi écoutait le bonimenteur avec son sac sous la table, il le sentait contre ses pieds.

Ce soir-là, après le café servi dans le broc en fer-blanc, le faussaire traverserait le couloir sans rien aux murs et irait dormir dans sa chambre inchangée, poussiéreuse sans doute, aux rideaux laissant toujours passer la lumière à l'aube. Il retrouverait ses affaires, ses posters, ses premiers disques, sa vieille unité centrale posée sur le bureau qui sommeillait en l'attendant, elle aussi. Thomas n'était pas certain de ressentir quoi que ce soit en prenant chacune de ses reliques entre ses mains, il pensait déjà à là-bas, à l'autre côté.

IX

System

Altitude : 10 972 m	Heure estimée d'arrivée : 18 h 09
Durée du vol avant destination : 7 h 21	Heure locale : 10 h 48
Heure de départ locale : 19 h 48	Vitesse : 922 km/h

Thomas n'était jamais monté à bord d'un Boeing Dreamliner 787-9 ni n'avait survolé l'Arctique, immense récif triangulaire, continent dont les cartes ne cessaient de couper le sommet. Il en imaginait la surface pâle, masse inerte qui voyait passer au-dessus d'elle tous les astronefs se rendant en Amérique. Prise entre deux continents, elle fondait. Depuis le hublot, le blanc attirait l'œil, il aurait aimé y tomber pour en vérifier la solidité. Nulle métropole, quelques semblants de villes peut-être, des villages, des bâtisses, quelques hangars, des ports sûrement. Des chasseurs, des pêcheurs surtout, des ouvriers, des travailleurs sociaux, au milieu des lumières bouchées le soir et la nuit. Des craquements de toutes sortes au milieu du silence, la banquise, les pas, le cerveau des gens rendus fous par le froid et la solitude. Il voyait cela comme ça, comme les westerns se déroulant dans la neige, les meilleurs d'après son père qui d'une certaine façon était le seul cow-boy qu'il ait jamais connu. Quelque part, dans une maison qu'il imaginait rouge, quelqu'un devait chanter ou peindre et lui planait tout là-haut, juste au-dessus.

Pour les passagers assis à bord de l'un des plus gros émetteurs de carbone, ce survol obligé du pôle était comme un rappel, aussi subtil que pervers, du visage de la victime. Une forme étrange étendue à leurs pieds, un gros gâteau de terre gelée dont toute la garniture fondait. Il y avait un écran encastré dans le siège de devant mais Thomas n'y toucha pas, il regardait les données du vol affichées et le paysage en trois dimensions défilant au gré de leur avancée. L'entreprise Coda avait fait les choses en grand, il voyageait en première sans voisin à ses côtés. Personne avec qui dialoguer, personne à qui faire part de sa surprise de se trouver dans cet avion, en route vers un continent inconnu, loin de tout ce qu'il avait touché jusque-là. Il aurait pourtant aimé raconter tout cela à une vieille dame poudrée qui lui aurait donné des conseils sur la vie à San Francisco, sur les us et coutumes, sur les erreurs à ne pas commettre, une dame qui, bien que fortunée de naissance – son défunt mari possédait des puits de pétrole dans tout l'ouest du pays –, aurait trouvé formidable qu'un jeune Français si poli bénéficie d'une telle opportunité.

Il n'y avait plus de vent là-haut, tout s'écoulait, sa solitude et les bavardages de l'homme d'affaires assis derrière lui qui conversait au téléphone avec un collègue comme s'ils se trouvaient à deux rues de distance. Ils n'avaient pas encore fait la moitié du chemin, pas même le tiers peut-être. Thomas pensa au Concorde : lorsque son exploitation avait cessé, Francœur, un habitué des trajets supersoniques, avait acheté au cours d'une vente aux enchères un de leurs enregistreurs de vol, une énorme boîte qui trônait depuis dans une des pièces de son hôtel particulier parisien. Le jeune homme incarnait désormais le sommet de l'ingénierie française et le plus bel oiseau mécanique qui fût, voilà peut-être ce qu'il fallait comprendre.

Hélène. Que pouvait-elle faire à cette heure ? Elle n'allait pas rester à se geler sur la banquise, elle devait jouer de l'orgue dans l'église du coin si seulement il y en avait une, ou étudier les chants inuits dans un igloo de fortune. Leur beauté à nulle autre pareille, elle en notait les propriétés, à moins qu'en tant que Harfang, demi-déesse au corps bleu et pâle, elle pratiquât déjà leur langue millénaire. Il la vit nouer voluptueusement ses cheveux, avec cette façon qu'elle avait de tendre son corps en arrière tandis que sa bouche faisait un pli presque imperceptible. Une forme de concentration et de recueillement dont il ignorait tout, si ce n'est qu'à ses yeux il n'existait rien de plus beau. Pour une fois, Thomas volait comme elle. Le jeune passager allongea les jambes et commanda à boire, l'eau gazeuse glacée allait couler le long de sa gorge. Plus tard, il l'évacuerait dans les toilettes et le liquide irait se loger dans un cube qui débarquerait en même temps que lui sur le tarmac de l'autre côté du monde.

*

Il ne faisait pas beau, plutôt froid et humide. Thomas n'avait pas eu le temps de se renseigner sur les conditions météorologiques propres à ce bout de la Californie, prenant le risque d'aller de surprise en surprise. Hélène lui avait seulement parlé du brouillard local, épais, insondable, qui avait au siècle dernier inspiré un film d'épouvante, *The Fog*, dont elle appréciait la bande originale. Cette brume contenait des noyés, lui avait-elle énigmatiquement glissé à l'oreille. Tout lui sembla nouveau sous ce ciel gris et jaune, incontestablement plus large ou plus bas ; c'était une question de réfraction de la lumière : au bout des continents, sans vis-à-vis, elle s'étirait enfin.

Il avait très peu dormi, ses paupières étaient gonflées, ses yeux rougis le brûlaient. En cas d'incendie, une petite cloche blanche percée d'infimes trous accrochée au plafond diffuserait partout de l'eau à haute pression. Il aurait pu l'observer pendant des heures, dans l'espoir qu'elle allait enfin se déclencher. Les gens de là-bas ne craignaient pas de vivre en hauteur, les étages se comptaient par dizaines, ils chérissaient même cela, il lui semblait parfois entendre un hélicoptère se poser sur le toit de l'hôtel. Les grands de ce monde voyageaient ainsi d'un sommet à l'autre, comme son nouveau patron, un certain Adam Allen qu'il allait bientôt rencontrer. L'origine de l'expression « Silicon Valley » lui sembla soudain obscure. Peut-être que le silicium si abondant dans la Vallée lui avait donné son nom ; à moins que ce ne soit à cause des transistors des premiers circuits imprimés qu'on y fabriquait autrefois. Quoi qu'il en soit, dans cette contrée, la croûte terrestre conduisait l'électricité et pour charger son smartphone il suffisait de le poser au sol. « Une véritable prise de terre », aurait dit son père sourire en coin.

Une large voiture noire l'attendait en bas de l'hôtel de luxe où il avait passé sa première nuit en Amérique. Un minibar plus grand que son frigo, une dizaine de coussins sur un lit compte triple, d'innombrables chaînes de télévision au bout de la télécommande, une moquette épaisse d'une propreté exemplaire et par la fenêtre qui ne s'ouvrait pas un vide vertigineux entre de colossaux immeubles. Afin d'honorer sa promesse d'envoyer chaque soir à Hélène des éléments bruts de son voyage, il avait photographié chacun de ces éléments. Des images sans légende en forme de journal de bord, un prolongement de leur télépathie amoureuse, un haïku composé dans leur langue d'amour inédite. Ils se savaient reliés l'un à l'autre et il pouvait à cet instant précis la voir aller se coucher puis fermer les yeux, heureuse de le savoir caché quelque part dans ses instantanés, chacun veillant de part et d'autre sur la journée de l'autre. À cette hauteur, le crachin mêlé à la brume formait un couvercle hermétiquement clos sur les êtres et les choses, voilà ce qu'il avait retenu de son arrivée. Le dépaysement avait commencé et il ignorait si cette douce sensation prendrait fin un jour.

Le modèle de la voiture s'appelait Escalade et son chauffeur, un petit brun trapu qui, en cas de besoin, pouvait rendre service en matière de sécurité, Mario. Pendant quelques minutes, Thomas se sentit ministre, star, VIP, enfin, un grand de ce monde, puis, au pied des immeubles, le véhicule croisa ses semblables par petites grappes. Le filtre sombre apposé sur les vitres du tank accentuait l'impression de noirceur. À 6 heures passées, la circulation dans les rues de San Francisco était étonnamment dense. Thomas n'avait plus vraiment de notion du temps, il se laissa faire et cessa de chercher des yeux les quartiers de Mission et Castro qu'Hélène lui avait vantés. Une fois de plus, il n'offrait aucune résistance à l'enlèvement.

L'énorme 4 × 4 s'engagea sur une sorte d'autoroute sans péage au revêtement beige, cinq voies puis quatre. Après des dizaines de kilomètres, peut-être une centaine, Mario emprunta une sortie. Un peu de vert sur les coteaux, ça montait, leur unité sombre pénétra dans une ville qui ne portait pas de nom. Malgré le feu rouge, la voiture tourna subitement à droite à une intersection. Pendant de longues minutes, ils suivirent en longeant une route étroite dont les numéros des propriétés ne cessaient d'augmenter, atteignant des proportions démentielles. Aucune voiture ne stationnait sur le bas-côté, la végétation se densifiait, d'immenses arbres cachaient des villas qu'on devinait prodigieuses. Quelques virages encore puis une côte encore plus prononcée commença. Au bout, un haut portail blanc opaque s'ouvrit à leur approche. Après l'entrée, la voiture monta sur un léger promontoire menant à un court tunnel. À l'intérieur, un tapis roulant fit progresser le véhicule au ralenti, le long de la paroi des anneaux formaient un squelette de métal muni de dizaines de caméras qui scannaient le contenu du tunnel dans un bruit assourdissant de neige électronique. Même les aéroports ne disposaient pas d'un tel arsenal. Une fois l'étrange portique franchi, l'Escalade poursuivit son avancée sur une interminable allée encadrée de cyprès puis s'engouffra dans un vaste garage souterrain où dormaient des dizaines de véhicules.

Thomas sortit de l'habitacle, un jeune homme de son âge bien propre sur lui l'attendait tout sourire.

– Bienvenue à Coda. Mario va s'occuper de vos bagages. Venez, Adam vous attend, nous sommes tous impatients de faire votre connaissance.

Comme le portique, l'ascenseur qui les mena au quatrième étage scannait le corps et le visage de ses occupants – selon son guide, il se bloquait en cas de présence indésirée. Ils s'engagèrent ensuite dans un long couloir avec de part et d'autre des open spaces délimités par des vitres teintées derrière lesquelles des jeunes gens travaillaient, absorbés, impénétrables. Dans chaque salle, un vaste espace séparait les moniteurs, signe de la puissance de l'entreprise et du confort dont bénéficiaient ses employés. Thomas ne put hélas distinguer les modèles des différentes unités centrales. Après avoir passé une double porte, ils traversèrent une cafétéria en longeant des alcôves en chêne clair où des employés discutaient. Dehors, derrière la baie vitrée, une forêt à la végétation dense s'étendait avec, au loin, les promesses d'une ville. Au bout d'un nouveau couloir, son guide et lui empruntèrent un autre ascenseur. Celui-ci ne se déclencha qu'après que le jeune homme eut, la tête penchée vers un micro logé près des touches d'appel, expliqué à l'IA régissant l'élévateur la raison de leur visite à l'étage de la direction opérationnelle. Avec un air de premier de la classe fier de montrer son livret de fin d'année, le garçon présenta ensuite son badge. Septième et dernier étage. Là, de larges bureaux individuels disposaient de la même pellicule sur les vitres empêchant d'en distinguer l'intérieur ; l'épaisseur et la chromie de l'enveloppe évoluaient en fonction de leur importance, c'est-à-dire en fonction du degré de confidentialité de ce qui s'y décidait. Alors que les parois du couloir s'assombrissaient, une double porte s'ouvrit au fond du corridor. Une douce lumière orangée éclairait le bureau du maître des lieux, qui donnait de l'autre côté du bâtiment, sur la forêt profonde. Étrangement organique, l'immeuble semblait lui aussi respirer.

Aucun cheveu ne couvrait le crâne lustré de l'inventeur. À l'instar du bâtiment, Adam Allen était tout de blanc vêtu. Thomas ne sut lui donner un âge : la chirurgie esthétique avait déjà adouci ses traits et accentuait le franc sourire déployé au moment où il franchissait le seuil de la pièce. « Double A », comme le surnommaient ses employés, semblait compenser sa petite taille par une énergie de tous les instants. L'immense pièce où il travaillait ressemblait à l'appartement d'un collectionneur féru d'art asiatique, comptant autant de statues et d'artefacts anciens que de plantes sauvages.

– Ah ! Le Messie est arrivé. Alléluia ! Bonjour Thomas, j'exagère à dessein. Vous devez être épuisé, j'espère que la suite de l'hôtel vous a convenu. Vous aurez bientôt accès à votre appartement, nous fignolons les derniers préparatifs.

– Merci beaucoup. Je suis enchanté de vous connaître.

– Alors comme ça c'est votre premier voyage en Amérique… Eh bien, avant toute chose, soyez le bienvenu ! Vous commencez ainsi directement au centre de la matrice, c'est peu commun. Si Francœur ne s'est pas trompé – et il se trompe rarement –, il a choisi pour vous la meilleure rampe de lancement possible. Ce que vous avez déjà accompli est en tout point remarquable, le Programme que nous avons suivi pas à pas est tout simplement en matière d'image la plus importante révolution depuis l'invention de vos compatriotes, les frères Lumière.

– À Paris, je n'avais pas vraiment un rôle central.

– C'est là où vous vous trompez, Thomas. Votre modestie vous honore mais vous avez même tenu une *deadline* a priori impossible, ce qui, en ce domaine, est plus que rare. Ici, un travail légèrement différent vous attend. Mais je ne veux pas vous saouler avec les détails alors que vous sortez d'une nuit blanche ou presque. Dans votre appartement, vous trouverez des documents rédigés en français ainsi que le contrat à signer. Rien ne presse pour l'instant, prenez votre temps.

– Bien, merci de cette attention.

– Seth va vous présenter les locaux, votre bureau, avec la même vue que la mienne mais un étage plus bas, votre équipe puis votre appartement. Bien sûr, vous êtes off aujourd'hui. En cas de besoin, Mario, que vous connaissez déjà, vous emmènera où vous voulez…

*

Cinq enveloppes scellées avaient été déposées sur la table du salon de son appartement. Il les prit en photo, Hélène comprendrait immédiatement la pression à laquelle il allait être soumis dans cette coquille de verre. La première, la plus épaisse, contenait son contrat, la deuxième, une description approfondie de la société Coda, de son histoire, des logiciels et des services qu'elle développait, de son actionnariat et de ses acquisitions, la troisième ne concernait que X1, le projet en cours dont la réussite technique lui incombait désormais, la quatrième renfermait une fiche détaillée avec photo sur chacun des membres de son équipe et la dernière un guide de son appartement, du campus et de la localité voisine. Six employés rien que pour son équipe de supervision, soit presque autant que les membres de l'équipe fondatrice du Programme. À première vue, il héritait d'une armée mexicaine.

Sur la table de la cuisine, trois badges magnétiques capables d'identifier la main qui les tenait lui permettraient d'accéder le lendemain au bâtiment central, à son étage et à son bureau. Il y avait aussi une boîte avec un petit smartphone de marque inconnue semblable à celui de tous les employés de l'entreprise, ne servant, lui avait précisé Seth, que pour les communications internes entre salariés. Il donnait également accès au serveur sur le campus, mais dès qu'on mettait un pied dehors la liaison cessait. Le Coda Campus était aussi bien protégé que le Pentagone. Pour communiquer avec le monde extérieur, chacun se payait son propre appareil que les services techniques contrôlaient et garantissaient contre de potentielles intrusions. Au vu de la rémunération détaillée sur le contrat, il pouvait s'en payer des dizaines par mois. « *Insane* », disait-on pour un salaire de dingue ; « obscène », auraient dit ses parents. Après une année passée à travailler là, il pourrait aisément prendre sa retraite en Bourgogne ou dans n'importe quelle région du globe.

Le campus ressemblait à une petite cité universitaire et était composé de bâtiments en brique orange que le fondateur avait rachetés. L'immense carapace blanche et transparente en son centre abritait le laboratoire et la direction. Une vaste piscine couverte, des terrains de sport, une salle de cinéma, divers restaurants, une salle de fitness, une autre pour les cours de yoga, de pilates et d'autres choses encore complétaient l'ensemble. Plusieurs entreprises prestataires se partageaient les lieux, formant un village d'un nouveau genre où la vie paraissait particulièrement agréable. À quelques kilomètres, un immense terrain de golf vert émeraude rassemblait des adeptes du coin. Mario y jouait et avait invité Thomas à s'y inscrire afin de profiter des avantages du club-house, cela constituait d'après lui le meilleur moyen de faire des rencontres quand on débarquait.

Les parois et le sol de son appartement étaient constitués de béton poli, la chambre était grande, le salon aussi, meublés avec goût. Un gris d'une luxueuse teinte mate contrastait avec les touches orange et jaune des luminaires. Les sièges de cuir étaient encastrés dans de grands meubles de bois sombre, ce devait être nordique, cher, à la fois chaud et froid, beau et rassurant. Tout lui parut minimaliste et harmonieux, son studio parisien sans coquetterie aucune ne faisait définitivement pas le poids. Cette fois-ci il n'aurait, pour l'instant du moins, aucun voisinage. Un peu plus tôt dans le couloir, il n'avait pas entendu un seul bruit, ce qui ne lui déplaisait pas. Il aurait aimé faire l'amour là, sur ce mélange de chaux et de silice, confronter leurs chaleurs entremêlées à ce froid minéral, accrocher leurs mains aux coins, en arrondir les angles à force de frottements, envahir ce lieu de leurs bruits de bêtes.

Avant une hypothétique sieste, Thomas décida de faire une courte balade. Outre le changement de continent, il lui fallait s'acclimater à un sommeil en morceaux. Jusqu'au temps, jusqu'à la sensation même du temps dans son corps se trouvaient bouleversés. Ce n'étaient pas tant les neuf fuseaux horaires qu'il venait d'enjamber mais le fait que depuis quelques mois tout ne cessait de s'accélérer. Lui l'ex-campagnard se tenait à la rambarde, la sensation de vertige l'étreignait encore, peut-être même ne l'avait-elle jamais quitté depuis son départ de la ferme, et, comme certains oiseaux migrateurs, il avait fini par s'y habituer.

Au sud du campus, de courts arbustes plantés en rangées à intervalles réguliers figuraient une sorte de vigne sur une colline. À la fin de l'été, des employés dédiés à cette tâche devaient y récolter des raisins blancs comme neige qui, une fois fermentés et écrasés, produisaient un vin naturel semblable au lait. Au bout de quelques verres, cet alcool chargé d'électrons provoquait une ivresse nouvelle, les effluves du breuvage montaient à la tête, mais au lieu d'embrumer les méninges de l'ivrogne elles le rendaient plus intelligent. Thomas errait, il appréhendait ainsi son nouvel environnement en fredonnant une mélodie réjouissante. Le paysage se démultipliait dans les élytres vitrés couvrant le bâtiment principal, un silence imposant remplissait l'espace, à peine interrompu par ses pas résonnant sur les dalles de ciment rutilant et par quelques bruissements dans le feuillage d'épicéas et d'arbres dont il ignorait le nom. Une bise bienveillante caressait légèrement sa peau. Malgré ou à cause de la fatigue, Thomas souriait béatement.

Dans une salle du rez-de-chaussée de l'immeuble abritant son appartement, des employés à l'allure d'étudiants couraient sur des tapis roulants derrière une immense vitre. Ils couraient vraiment, violemment, tous avaient des écouteurs dans les oreilles, certains scrutaient un écran. Leurs corps vêtus de tenues moulantes semblables à celles de super-héros encaissaient les secousses sans ciller, seuls quelques-uns transpiraient. Face à cette troupe simulant une fuite en échange des muscles que celle-ci devait leur procurer, l'étranger se sentit ridicule. Thomas n'était pas outillé, aucune bosse dessinée au sommet des épaules ou du trapèze, aucun signe de puissance dans ses cuisses, il lui faudrait ruser. Comme ce renard roux du Morvan que son père n'avait jamais réussi à attraper après qu'il eut décimé leur poulailler – depuis les lointaines et incontestables fables de Jean de La Fontaine, ces bestioles s'en sortaient toujours. Peut-être les autochtones possédaient-ils aussi des sexes géants qu'ils allaient agrandir près de Los Angeles, là où se tournaient les films pornographiques que l'humanité regardait. Tout ce qu'on dévorait des yeux de par le monde se fabriquait dans cette région-continent. Lui ne savait qu'une chose : la poigne de son grand-père qui n'avait jamais revêtu la moindre tenue de sport aurait brisé les os de la main de n'importe lequel de ces êtres surentraînés.

*

Fier de sa bruyante machine récemment acquise, le banquier, un jeune diplômé muté à son grand désespoir dans ce coin perdu pour y faire ses preuves, leur proposa un café, ce qu'ils refusèrent. Les Hèvre détestaient lui rendre visite, chaque fois ils avaient l'impression de se noyer un peu plus dans la vase alors que depuis le bord l'employé les regardait se débattre en leur proposant un nouveau scaphandre de plomb. Ils lui en diraient le moins possible, il n'avait pas besoin de savoir à quel point la boue montait et qu'ils ne savaient pas nager.

L'imbécile souriait comme personne ne souriait dans la région, Jean eût préféré voir des dents cariées. Tous ses clients l'écoutaient d'un air las, tant il est difficile de confier son avenir à un fichier PowerPoint vivant. La mère et le père, après moult engueulades quant à leur survie prochaine, avaient tout de même pris rendez-vous. Assis, endimanchés, face à cet être qui avait la moitié de leur âge, leur chemise les serrait.

Depuis le départ du fils, le couple avait fait et refait ses comptes, ils avaient estimé leurs biens, leurs terres et leurs machines, examiné les taux d'emprunt. Ils avaient aussi noté les offres informelles faites par les différents voisins, celles lâchées en bout de phrase à voix basse comme un signe de ponctuation avant de parler d'autre chose. Chacun avait pris position, ce qui permettait de déceler les plus voraces, ceux qui prendraient soin de leurs acquisitions et ceux qui, un peu plus alourdis encore, plongeraient eux aussi la tête sous l'eau. Jusqu'à présent leur travail à la ferme, les cultures et l'élevage suffisaient à combler leurs besoins, mais bientôt l'un d'entre eux, que ce fût elle ou lui n'y changerait rien, ne pourrait plus s'astreindre à l'épreuve physique que cette vie-là exigeait en retour.

À leurs yeux, il n'existait que trois solutions. Première option : vendre la ferme et leurs parcelles, le seul patrimoine présent dans la famille depuis des générations, à l'un des voisins. Entre autres débâcles, cela signifierait également devoir déménager – pas à la ville : la vie y était comme chacun sait bien trop chère, et surtout, qu'y feraient-ils ? Deuxième possibilité : reproduire ailleurs ce qu'ils avaient toujours accompli mais désormais comme de vulgaires métayers. Dans toute la France, des propriétaires cherchaient des paysans pour exploiter leurs terres, ils seraient logés, peut-être même nourris, mais déracinés. Troisième solution : louer leurs terres arables et leur bétail à un voisin afin qu'il les exploite à leur place comme au temps des galvachers. Ils pourraient ainsi récupérer quelques sous et passer leurs journées à le regarder faire à la fenêtre. Mais cela promettait également des milliers d'heures figés devant le poste de télévision dont ils n'avaient que faire, à boire toutes sortes d'alcools, le tout finissant par se métamorphoser en dépression carabinée. Il y avait bien une autre possibilité, consistant à emprunter de l'argent à leur fils, qui, ils le savaient, en possédait bien plus qu'eux et qui n'avait, lui, contracté aucune dette puisque l'idée même d'acquérir quoi que ce soit n'avait aucun sens dans son monde, mais cela, à tort ou à raison, les révulsait.

Les Hèvre envisageaient plus sérieusement une dernière porte de sortie, autrement plus risquée et tout aussi humiliante. Changeant leur fusil d'épaule, les paysans allaient devoir transformer leur demeure en gîte rural, afin d'y accueillir des inconnus, et ainsi abandonner le seul métier qu'ils connaissaient pour se lancer dans un nouveau dont ils ignoraient tout. Voilà la raison pour laquelle ils consentaient ce jour-là à rendre visite au conseiller bancaire, qui s'empressa de leur proposer une autre solution encore : emprunter une nouvelle colossale somme « le temps que les cours du bétail et des récoltes remontent », somme qu'ils ne pourraient jamais rembourser sauf à ruiner leur progéniture. Le père ne l'écoutait plus, il avait un autre mot en tête, le seul qui effrayait son propre père, plus encore que l'hydre communiste, le mot « hypothèque ». Le pied-tendre tenta de les rassurer avec des chiffres et des graphiques à peine sortis du four mais il ne savait pas de quoi il parlait. Tous les aléas dès qu'on plantait une graine dans la terre ou qu'on mettait un bestiau dans une prairie, la pluie, la sécheresse, le gel, la canicule, les épidémies, les pesticides, la maladie, la fatigue, les blessures… Il n'avait pas mentionné une seule de ces données. À ses yeux, bien que située à mi-chemin entre Avallon et Dijon, leur chaumière représentait « une dent creuse » dans le tissu touristique régional, il n'y croyait pas à leur gîte, il préférait y poser une coûteuse couronne.

Dehors, de l'autre côté de la fenêtre, du bureau et de l'ordinateur, il faisait presque nuit maintenant. La ferme et les dépendances étaient assez grandes pour accueillir une famille de passage, il y avait toutefois quelques aménagements à prévoir, il fallait réparer et embellir, décorer même, c'était pour cela qu'ils avaient besoin d'un petit prêt. Silencieux sur son siège, le visage gris, Jean envisagea bien d'enfoncer le blanc-bec dans son bureau en lui tapant sur la tête avec son poing à la manière d'un marteau, ainsi, il lui donnerait un peu plus de consistance, mais il jugea plus opportun de feindre l’intérêt et d’attendre la fin de la torture, lorsqu’il pourrait rejoindre le meilleur endroit où réfléchir à son sort, là où les rivières confluaient, un lieu que les randonneurs n’avaient pas encore découvert.

Suzanne préférait recouvrer ses esprits à la chapelle du Dieu-de-Pitié à Missery. Il l’y déposerait plus tard, une fois que leur interlocuteur se serait épuisé en paroles vaines et qu’elle aurait eu le dernier mot. Au cours des prochains mois, chacun allait devoir fournir un effort considérable, non seulement pour accueillir mais aussi pour nourrir, plaire, entretenir des relations et promouvoir. Autant d’activités pour lesquelles il semblait à Jean qu’il ne servirait pas à grand-chose, pour ne pas dire à rien.

X

Notifications

Le smartphone vibrait, l'autre, le leur, celui qu'il croyait éteint. Dans l'appartement, l'obscurité était totale. Thomas ne se souvenait plus s'il était allongé sur le lit ou sur le canapé du salon, il ne dormait pas, son corps et son esprit se contentaient de divaguer. Un message composé d'un tableau détaillant le déroulé des entretiens à réaliser le lundi avec les membres de son équipe venait de s'ajouter à son agenda. Quatre par jour, deux par demi-journée, accompagné d'un interprète maison en cas de nécessité. Thomas n'y aurait pas recours, il croyait en son *broken english*, ses approximations et ses phrases laconiques devraient lui assurer une distance nécessaire pour donner des ordres sans avoir à se justifier.

Un peu plus tard, l'appareil vibra de nouveau. Un véhicule venait d'être mis à sa disposition, il pouvait passer le voir au parking du sous-sol du bâtiment. Le gardien lui remettrait les clefs en échange d'une photographie de son permis de conduire, eux s'occuperaient des formalités administratives. Seule l'essence restait à sa charge. Pour descendre, il fallait utiliser le badge vert conçu pour son unique possesseur, le même que pour sortir de l'immeuble. Il se promit d'essayer avec sa main gauche, peut-être le badge était-il ambidextre.

Coda privilégiait la communication par phases, délivrant chaque information au compte-gouttes sans jamais évoquer ce dont il n'avait jusqu'à présent pas osé s'enquérir : qui était son devancier ? Pourquoi ce dernier avait-il quitté l'entreprise ? Pour identifier les sources d'erreurs possibles, il eût fallu s'entretenir avec lui, mais cela signifiait sans doute enfreindre une loi du campus. Cette gouvernance par omission leur avait permis de garder le projet secret tout en laissant croire que Coda abritait le siège d'une équipe de simples suiveurs et non de pionniers. Comme les autres cadres, Thomas employait le leurre destiné à cacher au reste du monde l'existence d'implants neuronaux, il l'avait totalement intégré. Si la première mouture du Programme avait été concoctée par des mercenaires, des amateurs surdoués comme lui, cette fois-ci il s'agissait plus sûrement de dévots.

Le smartphone vibra encore, un plan de la ville signalant les commerces ouverts la nuit apparut sur l'écran. Le nouveau venu aurait donc le loisir de sortir, à l'aube peut-être. Mais il souhaitait d'abord s'endormir et rêver. Rêver à ce qui l'attendait en ces lieux, à qui allaient être ses amis, à se demander si l'océan Pacifique était lointain ou accessible, aux créatures vivant dans les arbres et les buissons cernant le campus, à la musique mièvre ou tumultueuse que les gens écoutaient dont il ignorait tout. Thomas se renseignerait auprès de Mario. Il avait eu instinctivement confiance en lui : il émanait du chauffeur de la droiture et de la solidité, comme si, dans cet univers incertain, lui ne flottait pas.

Les notifications ne cessaient de lui rappeler que la loi de la gravité avait toujours cours. Sa discussion avec ses parents avait été un colossal échec, ils confondaient les GAFAM, Big Tech et Marvel, les applis et les films puisque de nos jours tout se téléchargeait. Il leur avait laissé croire qu'il travaillait pour Hollywood-sur-Seine, ils le pensaient scénariste d'un nouveau genre, ne pouvaient imaginer qu'il faisait exactement le contraire, aggravant l'agonie d'un métier en voie de disparition depuis que les grands studios avaient sauté dans le wagon de l'intelligence artificielle générative. La fameuse grève de 2023 n'avait fait que retarder l'inéluctable, la création d'histoires et d'intrigues ne serait plus jamais leur chasse gardée. L'« ingestion » – le procédé d'aspiration des données des textes par le Programme était nommé ainsi – avait commencé par les mythes et les grandes épopées. Homère, Virgile et les poètes grecs de la période archaïque avaient été les premiers avalés. *Gilgamesh*, *Le Livre des morts des Anciens Égyptiens* avaient suivi, bientôt rejoints par Sophocle, Ovide, Caton l'Ancien, *La Guerre des Gaules*, les récits médiévaux, Dante Alighieri, la *Légende des siècles* de Victor Hugo. Tout, tout, tout avait été aspiré.

D'après Thomas, les auteurs et les scénaristes actuels s'étaient tout bonnement trompés de cible, leur ennemi ne siégeait pas à Hollywood mais dans la Vallée, les plateformes et les studios se contentant d'employer des outils créés à Palo Alto et dans les environs. Il avait bien expliqué à ses parents que chaque utilisateur du Programme se ferait sa propre histoire et que lui se contentait de vérifier si leurs « films » seraient techniquement possibles, mais eux préféraient l'imaginer aux manettes. Il eût fallu plutôt leur dire que son Programme avait absorbé la faculté même de raconter une histoire afin que chaque personne acceptant une courte incision dans le cuir chevelu puisse entrer dans ses propres rêves.

Surtout, comme tout le reste de la population, Jean et Suzanne n'avaient pas encore fait le deuil des inventeurs de fictions. Et encore moins de leurs interprètes, les acteurs, qui en quelques années avaient tous été scannés, visage et corps, puis leurs gestes et leurs expressions faciales. Sauf exception, il n'y en aurait bientôt plus besoin, les métiers dits créatifs étaient mort-nés, l'humanité avait appris à se photographier et à se filmer, désormais elle jouerait et dirigerait sa propre distribution, mal ou bien cela ne compterait pas. Bien évidemment, il y avait trop d'informations à assimiler pour le couple et cela l'arrangeait. Il ne pouvait leur raconter que quelques firmes avaient commencé à éradiquer ces métiers au profit d'ingénieurs ou de techniciens dans son genre à seule fin que des gens comme eux, sans talent particulier, deviennent les metteurs en scène de leurs propres fictions, ou plutôt de déclinaisons d'histoires déjà existantes vendues à prix d'or par l'industrie. Ils avaient assez de leur propre abîme.

Thomas savait qu'un bon fils aurait fait venir ses parents à Paris et les aurait invités pour leur parler dans une brasserie au décor rassurant. Mais assis face à eux, triturant son écharpe qu'il n'avait pas eu le temps d'accrocher à la patère de l'entrée, il n'avait eu qu'une vérité en tête : plus aucun de leurs repères n'avait cours, et il ne pouvait le leur faire comprendre au moment même où lui, leur bouée de sauvetage et unique interprète des bouleversements du monde, les abandonnait pour rejoindre les coupables.

Il ne restait plus qu'Hélène, plus lointaine que jamais, à qui, péteux, il avait simplement parlé d'une courte mission aux États-Unis en vue d'une éventuelle embauche plus tard. Elle avait évidemment lu dans son jeu, un départ précipité sans date de retour est toujours suspect. Il se donnait quelques jours pour tout lui dire, il fallait sonder le terrain d'abord. Elle aurait su quoi faire, quoi dire, elle, à quels chants et quelles musiques se fier quand on se réveillait perdu sur une île inconnue. Hélène en connaissait tant. Il lui demanderait. Qu'elle lui trouve les références, il irait acheter les vinyles en ville, elle lui avait parlé d'un disquaire célèbre, plus au nord, à San Francisco. Peut-être même pourrait-il y trouver les cassettes de Kraftwerk qu'elle cherchait désespérément. L'insomniaque se leva pour regarder derrière la baie vitrée comme s'il pouvait voir le lieu en question, un nom d'insecte, de microbe, se souvenait-il, peut-être un néon lointain en épousait-il la forme.

Il pleuvait dru. L'eau ne tombait pas en ligne droite, elle enveloppait le décor comme un nuage effervescent. Le bâtiment blanc et transparent où il allait travailler des milliers d'heures les prochains mois avait la forme parfaite d'un cube aux arêtes taillées en biseau, l'eau ruisselait dessus sans pouvoir véritablement l'atteindre. Thomas sourit, il pensa au dé qu'il venait de faire rouler. À ce jour, il ne pouvait dire sur quel chiffre celui-ci avait arrêté sa trajectoire. Longtemps, très longtemps auparavant, dans un tout autre univers, il avait connu une forme géométrique semblable, un monolithe posé devant lui sur la toile cirée à la ferme. Un petit cube de couleur grise dont l'exilé se souvenait qu'il pesait exactement quarante grammes. Du « gris », justement, son grand-père et son père l'appelaient ainsi. Du tabac Caporal Scaferlati, composé de brins venus des quatre coins du monde qui, enfant, lui semblaient bruns et qu'il imaginait assemblés dans d'immenses hangars surchauffés en Virginie, cette région des États-Unis prénommée comme une jeune fille. Il aimait soupeser dans sa main le paquet pas encore éventré avant que les adultes ne piochent dedans pour composer une de leurs étroites cigarettes artisanales à l'odeur aussi délicieuse qu'écœurante. Au comptoir du Bar du Marché, un poivrot aux yeux bordés de rouge lui avait dit un jour qu'un livre avait été écrit sur ce petit cube, il ne l'avait pas cru.

*

La première réunion quotidienne chez Coda avait lieu à 8 heures du matin. Dans une vaste salle aux parois beiges immaculées, les employés se tenaient adossés au mobilier, un mug en main, silencieux, concentrés, ils témoignaient d'un surprenant recueillement au pays de la décontraction. Pour l'heure, seul le capitaine Adam Allen s'exprimait. À écouter le patron, il leur fallait dans leurs échanges avec l'extérieur présenter un projet aussi flou que creux, rester énigmatiques sans apporter la moindre information concrète sur ce qui n'était à ce stade qu'un « simple partenariat de développement du Programme de Bound aux États-Unis » : « De la vapeur d'eau. Voilà ce que vous allez leur donner, et ils ne sauront qu'en faire. »

Aucune de ces informations ne devait sortir de la pièce et toute fuite même accidentelle signifierait la mort, au moins symbolique, de son auteur. L'épreuve du scanner à automobile avant de quitter les lieux et au moment d'y revenir incarnait à merveille le franchissement d'un sas, Thomas se demandait même si l'esprit du conducteur n'était pas lui aussi analysé au cours de l'opération afin de savoir si le sortant avait parlé à l'extérieur ou avait l'intention de le faire.

Le soliloque se poursuivit par un état des lieux de l'avancement du projet. À la fois manager, stratège et communicant, le grand manitou passait avec virtuosité d'un rôle à l'autre. Il galvanisait maintenant l'équipe en leur faisant mesurer l'importance de l'opération en cours. Tout en parlant, il passait en revue les employés disposés en demi-cercle autour de lui et arrêtait parfois son regard sur certains d'entre eux.

– Bien sûr, il s'agit du Programme, mais à son stade supérieur, ultime, définitif, c'est-à-dire entièrement configurable par l'utilisateur et non plus un abonnement à des formules prédéfinies. Il n'est plus question d'utiliser l'interface dans son environnement immédiat, il s'agit d'englober la totalité du monde, sans aucune limite géographique. Vous avez bien compris : nous serons absolument et définitivement partout. Au moindre de ses déplacements, chaque utilisateur va étendre notre empire, d'autant plus que nous seuls pourrons le localiser en temps réel.

En d'autres termes, poursuivit-il, leurs sous-traitants n'auraient plus besoin de dépenser des millions pour scanner des zones reculées, X1 s'adaptait au décor et Coda faisait des économies. Tant que les yeux verraient, y compris dans un coin reculé de la jungle de Papouasie, l'implant y ferait apparaître ce qui était désiré : Blake et Mortimer au pied de la Grande Pyramide, une invasion de Sylvains dans un avion comme chez Miyazaki, la silhouette de Batman dans le métro aérien de Chicago, Indiana Jones fouet à la main au sommet du Corcovado, Dragon Ball Z projetant un puissant faisceau d'énergie contre Jiren dans un pub londonien... Surtout, les abonnés – là non plus on ne prononçait pas le mot « implantés » – pourraient être connectés entre eux. Grâce à un protocole d'invitation, on pourrait même expérimenter la déclinaison du monde telle que formulée par un autre abonné. À ce stade, Thomas ne comprenait pas comment cela était techniquement possible, car la bande avait toujours travaillé en circuit fermé. À l'évidence, Coda comptait beaucoup sur les formules destinées aux couples, afin qu'ils accèdent ensemble à une bulle connue d'eux seuls. Bientôt les enfants seraient intégrés, ce n'était à écouter Adam Allen qu'une question d'intercession politique, des dizaines de lobbyistes seraient recrutées à cet effet à Washington et à Bruxelles. D'une voix douce, il s'exprimait par assertions. Plus vindicative était l'idée, plus il détachait les mots, sans jamais élever la voix. Au contraire d'Alex Hastings qui jouait essentiellement sur l'émotion, il parlait de toute éternité, il n'y avait qu'à acquiescer et obéir.

Thomas compléta sa mise à jour : X1 n'était pas le Programme mais sa version au carré – Francœur s'était bien gardé de le lui dire. La réalité s'apprêtait à être disloquée à mesure que les implants se multiplieraient aux quatre coins du monde, devenant une somme de cellules, d'alvéoles dont seuls leurs serveurs du campus et le *cloud* connaîtraient le véritable contenu. Si on voulait voir des créatures de Matsumoto ou de Miyazaki apparaître au coin des rues ou en pleine campagne, entendre une musique d'Ennio Morricone accompagner ses déplacements, faire revenir Jack l'Éventreur, peupler son jardin de tigres du Bengale, prendre le risque de se faire tirer dessus par un tireur d'élite en sortant de son immeuble, remplacer son automobile par l'apparence d'un vaisseau spatial, tout cela serait possible. Double A précisa qu'un sous-traitant travaillait déjà à la possibilité de composer soi-même les avatars et de s'inspirer de périodes historiques définies mais que cela prendrait sans doute plusieurs années de développement.

À cette allocution, il manquait les questions gênantes que Francœur formulait habituellement à voix haute. Ainsi, l'ours jouait à merveille son rôle de consultant prêt à mettre en porte à faux son employeur en révélant au grand jour ses faiblesses. À brûle-pourpoint, il aurait demandé à la cantonade : « Quand pourrais-je faire apparaître des commandos SS dans mon environnement ? » et provoqué un délicieux embarras. La question méritait néanmoins d'être posée : qui décidait de ce qui pouvait ou non être représenté ? Adam Allen sans doute. Une telle révolution générait tant d'interrogations que des livres entiers n'y suffiraient pas. Néanmoins, Francœur ne questionnait jamais le bien-fondé d'un projet ni ses conséquences profondes. Du moins pas en public. Jusqu'à présent, son élève, soupçonneux comme pouvait l'être un fils de paysan, avait gardé pour lui une interrogation qui le taraudait : après le déploiement de X1, qui allait encore se contenter du réel, de sa pauvreté, de sa sécheresse ? C'était de cela qu'il faudrait parler au patron, l'adepte du long-termisme devait bien avoir un début de réponse. Le vernis fictionnel déposé sur le réel servirait à masquer tous les maux, le réchauffement climatique compris, la lente érosion de notre univers, les tensions de toutes sortes seraient corrigées, masquées, niées. La guerre elle-même, cette torture millénaire, s'en trouverait plus supportable. Il n'était d'ailleurs pas anodin que X1 fasse précisément son apparition au moment même où l'humanité devait affronter ces nouvelles épreuves et échouer à les combattre.

Résumée ainsi, l'ampleur du projet ajouta à son vertige. Voilà donc pourquoi ils étaient aussi nombreux à travailler au sein du campus et pourquoi Coda s'était approprié les derniers mois autant de sociétés tierces. À San Francisco, un immeuble rempli de juristes négociait les droits des acquisitions d'une première génération de personnages destinés à apparaître dans les cerveaux et les pupilles du monde civilisé tout en anticipant les conflits judiciaires que l'invention ne manquerait pas de faire advenir. Au milieu de cette forêt, on avait créé un cocon suffisamment confortable pour mettre fin au travail à domicile, particulièrement prisé chez les développeurs ; en ces lieux, le secret restait sous bonne garde puisqu'on ne pouvait œuvrer sur la matrice en dehors du campus. L'équation au centre de son existence lui parut relativement simple : l'entreprise américaine avait acheté la géniale invention française et s'apprêtait à la dupliquer à l'infini adaptée aux désirs de chacun. Lewis Carroll avait tort, personne ne viendrait nous réveiller, nul ne revenait en arrière après être passé de l'autre côté du miroir. Des milliards allaient tomber, et des millions dans son escarcelle à lui, si aucun incident technique ou retard de grande ampleur ne survenait entre-temps.

Autour du mandarin, les visages aperçus sur les fiches étaient tendus, curieux, dans l'expectative. Les membres de son équipe n'avaient pas atteint la trentaine, ce qui le rassura. Parmi eux, le N+1 compta trois femmes, aucune attirante à ses yeux mais cela n'avait pas d'importance. La réunion prit fin, plusieurs cadres vinrent lui serrer la main, il eut même droit à un *hug*, tous le félicitèrent sans qu'il sache exactement de quoi. Simplement de pouvoir, le moment venu, repérer et corriger leurs erreurs afin qu'à l'issue de sa mission tous puissent devenir multimillionnaires ?

En leur présence, il n'osa consulter sa messagerie. Les notes vocales de la bande, plaintives ou hargneuses, s'y accumulaient alors que lui rêvait d'amour virtuel avec Hélène, une prouesse qu'ils n'avaient encore jamais expérimentée. Autant dépité que furieux, un de ses ex-collègues l'insultait, il l'accusait d'avoir volé le concept du Programme et de l'avoir vendu aux Américains « pour des millions ». Avec une voix déformée par la colère, celui que jusqu'ici il aurait appelé son ami lui souhaitait une mort lente et pénible. Son passage de Bound à la holding avait nourri une paranoïa nouvelle. Encore naïf, Ji le Montréalais lui proposait de revenir et en contrepartie d'oublier sa tentative d'évasion. Annette l'assistante, plus maligne, lui faisait miroiter des avantages impossibles à décrocher aux États-Unis tandis que Pierre le numéro 2, glacial, lui parlait technique, développement, calendrier et présence impérative au cinquième étage. Une fois Thomas parti, leur cellule avait implosé, les enfants abandonnés par la maison mère erraient dans le cyberespace. Sans réponse de sa part, Francœur les rassurerait en leur tenant un discours exactement contraire à celui qu'il lui avait servi au sommet de la tour de l'hôtel Concorde Lafayette.

*

La voiture, une espèce de Range Rover américain, se conduisait aussi facilement qu'un vélo, Thomas flottait au-dessus du macadam, aucune secousse ne le déviait de sa trajectoire, il roulait à trente kilomètres à l'heure et personne ne lui en tenait rigueur. Ayant eu la chance d'arriver un vendredi, il allait profiter du week-end pour prendre ses marques. En son absence, son équipe travaillait d'arrache-pied et il examinerait leur avancée à son retour dans les bureaux le lundi. Devenu chef du jour au lendemain, il pouvait faire ce qu'il voulait ou presque. En contrepartie, Thomas servirait d'assurance contre les problèmes techniques d'un projet tentaculaire et, en cas d'échec, le dernier arrivé serait le premier responsable visé. Comme au volant, on échangeait un confort de conduite absolu contre un accident mortel en cas de collision. Les piétons ou toute personne n'acceptant pas les données du deal, on pouvait rouler dessus.

Dans la rue, la première musique qu'il entendit fut latine, elle provenait d'une automobile aux vitres baissées, bruyante, basse, trafiquée. Thomas sourit au conducteur aux dents plaquées or. Il ignorait s'il se trouvait à San Francisco, à Palo Alto ou ailleurs dans l'immense interconnexion urbaine. Il roulait, il *ridait*, il *cruisait*, le vocabulaire des chansons lui revenait, il roulait dans la fiction d'avant, il se roulait dedans, peut-être eût-il dû aussi la fumer. Le long d'esplanades rectangulaires, des commerces à la petite façade collés les uns aux autres succédaient aux supermarchés bordés de parkings, il vit des stations-service par dizaines, à croire que le sous-sol regorgeait encore d'or noir. Au pied d'un feu rouge, une personne déguisée en logo dansait panneau publicitaire en main, des clochards squattaient les bancs, certains, le regard dérangé ou semblant tout juste sortir d'une réunion de travail, logeaient dans des tentes attenantes. Le vétéran d'une guerre ancienne traversa la rue en fauteuil roulant, des petits cartons couverts d'inscriptions en lettres capitales accrochés à son véhicule, il mendiait en se déplaçant d'un point à l'autre du *no man's land*. Sur la route, les énormes camionnettes, les pick-up aux roues surdimensionnées lui plurent. Thomas s'était perdu bien qu'il vînt à peine de quitter son point de départ.

Une fois entré dans une zone résidentielle, son 4 × 4 dépassa des camions de livraison garés en double file : partout, on ne cessait de transporter des colis de toutes sortes. Des jardiniers s'affairaient devant et sur les côtés de vastes demeures de part et d'autre de la rue. Sur le trottoir, des gens baladaient leur chien en dissertant au téléphone. Thomas n'avait pas imaginé une impassibilité aussi profonde, cette béatitude généralisée, comme si la vie ne pouvait rien offrir de mieux.

Des kilomètres d'alignements de commerces, de franchises d'un côté, et, perpendiculairement, des rues pleines d'habitations individuelles et de pelouses. L'expatrié essaya de trouver un trait commun aux rares personnes avançant sur le trottoir, il observa des Hindous, des Asiatiques, des Noirs, des Blancs aux cheveux longs, des femmes latinos, puis il cessa de les distinguer. Comme les voitures autour de lui, ils se dirigeaient vers un puits lointain dans lequel tous finiraient par tomber. Dans ces rues, aucune femme ne circulait à vélo, nulle amazone filant vers un lieu inconnu comme dans les grandes villes européennes. Thomas n'avait pas trouvé d'endroit où s'arrêter. Il décida de rentrer, il irait plus tard dans la grande ville. Au feu rouge, un vieux rasta avec de lourdes tresses blanchies traversa la route, en bandoulière il portait une enceinte Bluetooth diffusant à fond un hit de ragga. Le jeune homme sourit, il en connaissait les paroles.

Comme à l'aller, il dut passer le véhicule au scanner avant de réintégrer le campus, en s'efforçant de ne penser à rien pendant la manœuvre. L'employé du parking lui demanda s'il avait apprécié. Pas la voiture, impeccable à ses yeux – il l'avait d'ailleurs photographiée –, mais la ville. Dans ce pays, on s'inquiétait toujours de savoir ce que pensait l'autre ou l'on jouait à merveille la pantomime. Thomas se contenta d'un rapide geste laudatif de la main : il eût été malvenu de débattre avec lui du concept de cité et de centre.

Dans l'appartement, attablé à l'îlot placé au milieu de la cuisine, il lut attentivement tous les portraits des membres de son équipe disposés sur la table et nota des questions à poser à chacun d'entre eux. Il fallait que ceux dont il allait partager la vie l'aiment et le craignent à la fois. Avec un back-office pléthorique et une équipe compétente, les accidents seraient aisément évitables. Adam Allen avait-il simplement fait une faveur à Francœur en l'embauchant ? Si indispensable se plaisaient-ils à le dépeindre, Thomas avait conscience de n'être qu'une monnaie d'échange. L'état de l'avancement du projet X1 évoqué dans les documents le surprit, les progrès réalisés par le Programme avaient apparemment été dupliqués chez Coda en temps réel ; en bon agent double, Francœur avait dû organiser cette perméabilité. Croyant lancer une insurrection depuis Paris, la bande ne faisait qu'alimenter une future révolution mondiale dans la Vallée.

Le réfrigérateur débordait de nourriture, ils avaient pensé à tout. Des fruits, des légumes, de la viande, du poisson et des produits à l'emballage inconnu. Il improvisa la fabrication d'un granola. Clic, nouvelle photo. Dans le bol de verre sombre, les portions de céréales concassées étaient glacées comme les morceaux de fruits. Cette nation ne cessait de dépenser de l'énergie, son objectif entre toutes choses.

*

Assis à son bureau, parmi les cerveaux surdoués mettant au point l'énorme machine devant libérer l'homme de la triste réalité dans laquelle il s'épanouissait depuis son arrivée sur Terre, Thomas dessinait des gargouilles sur les feuilles jaunes qu'un assistant avait distribuées. Des gargouilles ressemblant peut-être aux cinquante et une trônant sur la façade de Notre-Dame de Dijon, courte et impressionnante église gothique abritant une Vierge noire qu'il aimait à regarder enfant. Ses enceintes diffusaient à faible volume une chanson très ancienne qu'avait évoquée Hélène. « Game and Performance », chantait en anglais un groupe lyonnais des années 80 qu'elle tenait en très haute estime malgré le faible nombre de ses productions. À ses yeux, cette jeune femme et ce jeune homme – leurs visages paraissaient étonnamment contemporains sur la pochette du disque – avaient forgé, parmi d'autres artistes méconnus, l'âge d'or d'une musique synthétique française. « Aussi profonde que pixellisée », il avait retenu sa formule. Le groupe s'appelait Deux, ce qui lui avait plu d'emblée. « *Dance with me* », entonna la chanson suivante – l'algorithme les avait adoptés. Plus tard, il se souviendrait de ces compositions ludiques pour désigner son pas de deux chez Coda.

Étonnamment, les employés passant un entretien avec lui semblaient impressionnés : l'idée qu'on l'avait débauché de l'autre côté de l'Atlantique peut-être, ou le fait de savoir qu'il avait sécurisé seul le programme dont ils avaient entrepris de décupler la puissance. Dans leurs yeux, Thomas lisait de la déférence ainsi qu'une légère inquiétude face à son illisibilité. À Paris, il avait très vite réussi à se mettre tout le monde dans la poche, mais il doutait que sa bonhomie, son humour et sa vivacité d'esprit soient aussi efficaces de l'autre côté de l'Atlantique. Avec son anglais approximatif enveloppé d'un accent français à couper au couteau, il tâtonnait. Il entreprit de sonder le caractère de ses nouveaux collègues.

Le premier de la liste s'appelait Jeff. Déterminé à faire une bonne impression, l'ingénieur en informatique passé par le Massachusetts Institute of Technology vanta son parcours professionnel, ses années passées à travailler à Séoul pendant dix bonnes minutes avant que Thomas ne le questionne sur ce qui ne figurait pas sur son *curriculum vitae*.

– Qu'est-ce que tu apprécies le plus ici ?

– La vie, le confort. On a tout, on ne manque de rien. Sinon, on peut commander, mais il faut bien avouer que ça n'arrive pas très vite vu notre éloignement. Cela n'en a pas forcément l'air car les équipements sont plutôt discrets mais c'est luxueux en fait. À tout point de vue. C'était d'ailleurs le seul moyen d'empêcher que les gens veuillent bosser de chez eux. Ça et le secret absolu sur la nature du projet. Avant, je travaillais à San Francisco dans un building, ça n'avait rien à voir. À côté, c'était l'enfer.

Le chauve à barbe sourit, il était fier de vivre dans une prison dorée. Avec un peu d'entraînement, Thomas pourrait en faire sa courroie de transmission vers les autres membres de l'équipe. Il fallait quelqu'un d'enthousiaste, exempt de doutes et qui obéirait sans sourciller. Il nota quelques adjectifs résumant la personnalité du candidat et ajouta une flèche orientée vers son possible rang dans l'organigramme. Porte de Vincennes, la bande croyait tout autant à son travail mais elle ne pouvait s'empêcher de dépeindre son sacerdoce avec une légère touche de cynisme. Thomas allait devoir s'adapter à l'absence de second degré. À dire vrai, il n'avait rien envisagé, c'était d'ailleurs pour cette raison qu'il avait été sélectionné.

L'employée suivante arborait de longs cheveux. Bruns, luisants, raides. Cette Asiatique à l'air maussade, la plus ancienne de son équipe, mâchait un chewing-gum et portait elle aussi une tenue neutre. Machinalement, Thomas sortit ses trois badges et les posa sur la table comme des cartes de tarot pouvant révéler le sens caché de l'entretien – il voulait occuper l'espace, combler le vide imposé par le protocole. En préambule, il lui demanda d'où elle venait, car l'ordre dans lequel elle allait présenter son parcours lui semblait primordial. Première erreur : l'impétrant avait oublié que les questions d'identité étaient radioactives dans ce pays. Il passa à la question suivante en notant « susceptible » sur sa feuille.

– Pourquoi as-tu rejoint Coda ?

– Mon père est un ancien associé du patron. Ils ont fait leurs études ensemble à Stanford puis ont fondé une première start-up à Shanghai où je suis née avant de monter un fonds d'investissement. Ici, j'ai commencé comme stagiaire. Ils ont fait exprès de ne pas me laisser programmer au début, j'ai tenu bon puis j'ai gravi les échelons. Et vous, où travailliez-vous avant de rejoindre le Programme ? Je ne crois pas qu'une boîte française ait réalisé de projet de cette ampleur avant. Même pas Bound.

– Pas une société, mais un individu si ; et plusieurs fois d'ailleurs. Tu as dû le croiser ici quelques fois sans connaître son importance : un barbu à la dégaine d'ermite.

Pour répondre plus précisément à ta question, avant Bound je vivais et travaillais à la campagne.

Au pays de l'initiative individuelle, chacun de ses interlocuteurs était passé par une université à 100 000 euros de frais de scolarité par an. Dans cette grande pièce, deux parcours de vie se faisaient face : l'amateur autodidacte fraîchement arrivé sondait des professionnels sortis d'élevages de champions.

La cafétéria, toute en boiseries luxueuses, en courbes douces, en étalages luxuriants de jus de fruits, smoothies et pâtisseries, le ravit, il avait envie de tout consommer. Pour sa première visite, le nouveau se contenta du plus grand des cafés noirs et d'un muffin aux fruits rouges qu'il mastiqua lentement après les avoir pris en photo. Thomas sentait le piège de la nourriture à volonté se refermer sur lui. Les entretiens n'étaient pas tombés à plat comme il le craignait mais il lui fallait se rendre à l'évidence : le management obligeant à prendre en compte la nature même des individus autant que leur travail, il y avait de quoi faire fuir n'importe quel candidat au commandement. Thomas s'assit et ferma les yeux aussi longtemps qu'il le faudrait ; en ces lieux, cela pouvait aisément passer pour un exercice de méditation.

Autour de lui, salariés, consultants et sous-traitants dialoguaient, quelques rares solitaires assis dans un coin s'adressaient à un écran ou tapaient sur un clavier : ce lieu destiné aux collations avait été converti en vaste « conf call ». Les gâteaux, les étalages de fruits secs et de graines complexes l'observaient avec perplexité. Il n'aurait pas cru, pas ici, pas aussi vite. Ça venait de le reprendre, il divaguait.

*

La nuit suivante, il ne dormait toujours pas. Ou plutôt, il se réveillait quelques heures après s'être couché sans savoir si les pensées qui lui venaient appartenaient ou non à une quelconque réalité. Dans ces limbes, Thomas errait. Cela n'avait rien à voir avec ses insomnies quand son esprit accablé continuait à coder tout seul. Il avait la nausée, les fissures sur les murs de la ferme ne cessaient de revenir, elles s'élargissaient jusqu'à engloutir ses occupants, la lézarde du destin n'arrêtait pas de croître. Il rêvait de barbelés aussi, d'une vache morte allongée sur le bas-côté de la route, tel un bateau échoué. Par intermittence, des frelons asiatiques bourdonnaient dans sa tête, à moins que ce ne fussent les paysans du coin prêts à faire leur nid chez ses parents. Fiévreux, il mélangeait tout, mais la vérité lui sautait aux yeux : la culpabilité l'accablait. Thomas ne cessait de trahir les siens, qui, une fois abandonnés, tombaient par la fenêtre ou s'éteignaient à petit feu.

Il n'y avait qu'une issue possible : Hélène. Il désirait la voir et lui parler, il allait la contacter. Il fallait qu'elle sache dans quel univers il avait mis les pieds et pourquoi il avait dû quitter le leur si rapidement. Ce qu'on lui avait promis en échange, l'importance de son poste et de ce titanesque projet ainsi que l'imposant trésor déposé sur un compte bancaire américain. À peine avait-elle découvert la saga Bound que l'épisode Coda venait tout bouleverser. Seulement, lui téléphoner n'avait aucun sens, le proto-Américain, pas encore investi de la hardiesse proverbiale de la population locale, ne saurait rien formuler avec cet appareil moyenâgeux. Un appel vidéo WhatsApp serait aussi malencontreux, à moins de trouver un décor exceptionnel devant lequel poser le temps de la conversation. Un e-mail peut-être, long ou court mais convaincant, hypnotique, contenant un message qui ne laisserait planer aucun doute. Ou carrément une lettre, une vraie lettre envoyée dans une enveloppe frappée du sceau d'un timbre américain. Combien de temps cela prendrait-il ? Des jours, des semaines, et sans avoir la certitude que la correspondance était arrivée à destination. Ou alors il pouvait photographier la missive écrite du mieux possible et lui envoyer instantanément l'image. Le meilleur des deux mondes. Il fallait une décision spectaculaire, une annonce grandiose, un diamant qui l'éblouirait. Au risque de tout foutre en l'air – les diamants coupent et durent éternellement.

Comme tous les programmeurs de son niveau, Thomas pensait fonction : dans une situation donnée, une fois la logique en vigueur comprise, il décidait par réflexe. Ainsi, dès qu'il commença à réfléchir aux termes et expressions à employer dans son message, son sens de la contradiction le poussa à envisager l'emploi d'un autre langage. D'autres touches de clavier, d'autres combinaisons. Il passait en revue différents idiomes pouvant exprimer l'étrange liquide emplissant ses veines depuis qu'il avait rencontré Hélène – Java, Python, Script, Perl, Scala, Glass, Elixir, Idris, Pony, etc. – quand l'évidence d'une autre équation le saisit à la gorge. Aucun d'entre ceux-ci ne saurait s'adresser à elle souverainement. Il était inutile de créer un site dédié, d'enregistrer une phrase et de la faire dire par une voix synthétique comme il l'avait d'abord imaginé. La forme du message, le langage même ne comptaient pas. L'amour constituait le code ultime, un jargon universel se passant de mots, une communication infaillible faite du vent, d'une étreinte, d'un souvenir, d'un regard, d'une main posée sur une autre, et, en cela, cette langue pouvait s'accommoder des plus médiocres des vaisseaux. Dès lors, l'immense non-dit, les innombrables pensées adressées à l'autre là-bas, la géométrie non euclidienne les liant l'un à l'autre par-delà les distances suffiraient à convoyer la promesse.

*

Ce matin-là, chaque membre se verrait attribuer des tâches précises pour les semaines à venir en fonction du développement du projet X1. Les entretiens de la veille avaient suffi à brosser de grossiers portraits : à compétence égale, les individus pleins d'assurance seraient placés en première ligne.

Sur un tableau qui n'avait à l'évidence jamais servi, Thomas traça un rétro-calendrier doublé de l'arc décomposant les missions à accomplir, comme l'aurait fait Pierre le numéro 2. L'objectif fixé était volontairement inatteignable afin que ses auxiliaires se tiennent à carreau. À leur grande surprise, il détailla comment leurs journées seraient désormais divisées en trois parties : le matin, chaque membre de l'équipe parcourrait les étapes de programmation précédentes pourtant jugées définitives, l'après-midi serait consacrée à l'examen des phases de développement en cours, et le soir ils testeraient à tour de rôle des éléments de X1 tirés au hasard.

Il s'agissait d'un système de quarts à plusieurs dimensions, du moins c'était ainsi que Thomas l'avait échafaudé.

– Nous sommes sur un bateau, ne croyez pas à la terre ferme, c'est une illusion. La mer change de forme à chaque instant, nous devons être prêts.

Parachuté entrepreneur, manager et conférencier, il surjouait son rôle en concluant ses pitchs par de courtes phrases ne souffrant pas la contestation.

Ainsi, les heures passèrent vite. Le petit chef délégua tout ce qu'il pouvait, repoussant son décisif labeur le plus possible – il donnerait un bon coup de collier quand cela serait réellement nécessaire. Alors que ses disciples entamaient leur chantier, il entreprenait de tester l'unité centrale qui lui avait été fournie quand une notification l'avertit qu'il n'avait pas répondu à un message arrivé dans sa boîte e-mail une demi-heure plus tôt. La poitrine serrée, le destinataire en lut la provenance et l'intitulé.

Un prodige, un miracle, un éclair tombé du ciel avec au point d'impact un bouquet de fleurs sorti de terre. Elle l'avait pris de vitesse. Il n'osa pas cliquer sur l'icône, dans le couloir des inconnus travaillant dans d'autres services circulaient continuellement et dans l'open space trop de regards se tournaient vers lui. Ouvrir ce présent, qu'il fût empoisonné ou non, nécessitait silence, solitude et obscurité.

L'énorme voiture mise à sa disposition dans le parking – son intérieur ouaté, ses vitres teintées, le bruit mat de la portière se refermant – offrait cela. Tout autour, l'armée d'autres véhicules au garde-à-vous, avec au pied de leurs larges roues les lignes droites tracées en jaune sur le béton gris, les chiffres et les lettres attribuant à chacun sa place, l'immense silence emprisonnant l'ensemble et les néons blafards apporteraient la solennité requise. Selon la nature du message d'Hélène, coup de couteau ou baiser profond, il démarrerait précipitamment vers la sortie ou foncerait tout droit dans le mur.

Au bout de quelques instants, l'obscurité fut quasi totale. Dans l'habitacle, l'unique lumière provenait de l'écran du smartphone et de son message, une lumière douce, comme ses mots enchantés. De son propre chef, Hélène avait décidé de le rejoindre. Elle franchissait le pas, elle enjambait l'océan, elle sautait du bateau et plongeait la tête la première. Thomas fit une capture d'écran. Il n'avait même pas eu le temps de dégainer sa propre missive, ses maigres mots à lui, ses briques non posées, ses allumettes éteintes, ses signaux imaginaires, elle les avait d'ores et déjà transformés en fait. Enfoncé dans le siège de cuir, Thomas frissonnait. Il venait d'envisager la première des conséquences de ce geste : il devait à son tour se jeter à l'eau, car elle lui demandait un lieu de rendez-vous.

La venue d'Hélène, son éventuelle venue, son débarquement, son invasion, sa folie, commandait un lieu à la mesure de la bravoure de son geste. Il ne l'accueillerait pas sur le campus, ni dans cette morne banlieue. Ses yeux, ses robes, son passé enfoui de déesse nordique ne pouvaient y être confrontés. De la musique sans doute et de l'espace, un décor halluciné, il allait chercher cela. Une infime source, pas un début de rivière mais une petite source vive et joyeuse, apparut au coin de ses yeux jetlagués. Comme d'autres individus de son âge, Thomas pleurait peu, préférant nier les peines l'affligeant ou les bonheurs fugaces comme s'il devait préserver les rares quantités de sel qu'il contenait. Cette fois, il se sentit empli d'une soudaine et souterraine force.

XI

Exit

Ses parents lui avaient laissé un message – ils devaient être les derniers êtres humains sur terre à user de cette pratique. À d'autres moments de sa vie, Thomas aurait pouffé ou effacé la chose sans même l'écouter, seulement la communication durait plusieurs minutes, cela l'intrigua. Depuis son exil parisien, leur fils était toujours resté joignable même s'ils ne l'appelaient jamais afin de ne pas le déranger. Les données avaient changé, il se savait en sursis à l'autre bout de la planète et les savait en perdition. C'était ainsi que l'enfant prodigue voyait les choses : le malheur rattrape toujours les personnes qu'on abandonne et les fictions qu'on se raconte pendant la fuite prennent fin. Surtout, l'exilé craignait une autre mauvaise nouvelle, une définitive : un accident avec le tracteur ou le C15, un incendie ayant brûlé ce qu'il restait de récolte et la maison, ou plus sûrement un cancer – les putains de pesticides des voisins, depuis le temps, cela ne faisait aucun doute.

La voix de sa mère tremblait, peut-être était-ce dû à la distance, au dispositif de la messagerie ou aux sonorités étranges des lignes américaines. Elle lui demandait en préambule de ses nouvelles, quel temps il faisait à Paris et son adresse postale afin de lui envoyer un colis, comment se déroulait son travail et si parmi ses collègues il y avait des filles ou des garçons intéressants. Ils ne parlaient pas du Programme, il n'existait pas. Il aurait aimé leur répondre en détail, il le fallait, et ce, sans filtre vocal, ces applications permettant de donner à sa voix l'intonation voulue – volontaire, bienveillante, enjouée –, prisées des employés du campus… Puis ils mentionnaient un chien qu'ils s'apprêtaient à acheter, un bâtard mâtiné de berger de Picardie, ils l'avaient choisi à la Société protectrice des animaux d'Auxerre, le nouveau venu s'appellerait Mac. Ils avaient gardé la mauvaise nouvelle pour la fin. Elle était présentée comme une décision collégiale longuement mûrie, un rebond heureux, un projet enthousiasmant qui allait enfin les soulager de leur dur labeur : ils arrêtaient l'élevage et la culture, ils ne garderaient que le potager. « Dent creuse » ou non, la ferme familiale au toit de chaume allait devenir un gîte rural, le couple ferait de menus travaux afin de pouvoir accueillir des randonneurs voulant profiter des bocages, de la forêt et de l'ensoleillement à la douce saison. Selon l'office de tourisme du département, cette activité connaissait une croissance impressionnante, et pas seulement l'été et le printemps. Leurs maigres terres seraient louées au voisin, le troupeau vendu au plus offrant, cela leur ferait un revenu de complément, voilà.

Thomas n'en croyait pas ses oreilles : à peine avait-il quitté ce monde-là que celui-ci s'écroulait. Du tourisme ! Des gens arrivant en voiture avec leurs enfants, leurs valises, leurs habitudes, des inconnus à accueillir, pour qui il faudrait changer les draps et faire la cuisine, à qui il faudrait donner des conseils de balade, indiquer des endroits où voir des chevreuils pour les petits et où trouver des champignons. Sans compter qu'il allait falloir créer un site internet afin que les clients sachent qu'ils existent, eux qui ne partaient pas en vacances et ne recevaient jamais personne. À les écouter, il s'agissait d'une question de disponibilité, de temps, de force physique, et à près de 70 ans ils entraient dans une nouvelle phase de leur vie. Il avait envie de pleurer : l'attention et la manière, fébrile, maladroite, leurs voix qui se chevauchaient à des milliers de kilomètres de distance. Il faudrait y répondre dès qu'il aurait recouvré ses forces. Il allait les encourager, ne pas s'emporter contre cette dépossession volontaire, ne pas mettre en doute leur détermination apparente, voire proposer de les aider à démarrer. Il ferait virer une somme sur leur compte ; de l'argent, Thomas en avait déjà à ne plus savoir qu'en faire et il ne leur en avait jamais proposé.

Après une vie industrieuse, le couple faisait là un sacrifice immense : quand on est pauvre, on ne peut faire que cela. À sa suite, les Hèvre abandonnaient la terre et les bêtes, sa fuite avait enclenché la fin de la dynastie. Au moins, ils gardaient la ferme, mais jusqu'à quand ? De nouveaux visages et des voix inconnues dans la maison préfiguraient le vide à venir, l'abandon. Et si jamais il lui arrivait quelque chose dans le Nouveau Monde, ceux qui le trouveraient allongé sur le sol et fouilleraient son appareil pourraient écouter ce message et le faire traduire afin de savoir d'où venait cet étranger foudroyé en terre inconnue, ils sauraient alors qui prévenir.

*

Putain de gare ! Il aurait aimé chercher Hélène des yeux parmi la foule descendant de wagons en pagaille, comme au temps de la conquête de l'Ouest, quand le chemin de fer ouvrait les horizons et forgeait les destinées. Surtout comme dans le film préféré de son père, celui qui ne cessait de repasser à la télévision. Ce pays qui se donnait tant en spectacle qu'on finissait par ne plus en connaître la matière originelle vivait au Moyen Âge, ses lignes de chemin de fer dont ils avaient rabâché la genèse n'allaient nulle part. San Francisco reproduisait le décor d'une cité européenne sans en avoir importé les avantages. Une gare de rien, une non-gare. Quelle plaisanterie ! Les énormes locomotives se contentaient de relier des villes côtières jusqu'à un bled nommé Gilroy. Aucune ligne ne partait vers l'intérieur, le reste du pays n'existait pas, n'importe quelle gare de Bourgogne aurait fait mieux.

Autour de lui, dans cette bâtisse aux bancs brun foncé empruntés à une église, aux salles presque vides et aux guichets fermés, quelques rares personnes faisaient les cent pas, pas même des voyageurs égarés, plutôt des paumés attendant l'Apocalypse. Jamais Thomas n'avait ressenti un pareil vertige. Il avait fait un choix irréversible contre l'ordre des choses et à l'envers de sa propre destinée. Le jeune homme n'avait pas pris le temps de réfléchir à la construction de son personnage social, celui d'un surdoué travaillant dans un domaine de pointe, un champion que l'on transférait d'une équipe d'exception à une autre, jusqu'au moment où il se brisait lui-même les membres et renonçait à jouer la finale tant attendue. Désormais, il comprenait une phrase entendue en un autre lieu et à une autre époque : « Dans la vie, il existe deux sortes d'individus, ceux qui ont perdu quelque chose et le savent, et les autres à qui cela n'est pas encore arrivé. » Si, dans cet immense hall de gare, le codeur avait sérieusement réfléchi à cette idée, s'il l'avait mise en perspective, s'il l'avait observée avec la distance nécessaire comme il savait le faire des lignes de programme sur un écran, il serait subitement tombé à terre sur ces dalles glacées.

Thomas préféra penser à sa surprise pour Hélène. Il l'espérait à la hauteur de son engagement à elle, sublime et courageuse promesse. Puisqu'il vivait désormais au pays de la bagnole, ce serait un autocar de quinze mètres de long, un Greyhound argenté, qui l'amènerait et, une fois celui-ci reparti vers des destinations incertaines, le passager et son sac attendraient Hélène sur place. La jeune femme arriverait dans un car similaire depuis l'autre côté, depuis l'intérieur du pays. En mer, le point Nemo désigne le lieu le plus éloigné des côtes ; le leur serait là-bas, quelque part loin de l'Atlantique, avant que le sable des Grandes Plaines ne vienne se jeter dans le Pacifique. Elle serait la reine là-bas, oiseau des profondeurs et des sens.

En file indienne contre le flanc de l'autocar, les gens étaient encombrés de colossaux sacs à dos, d'énormes valises à roulettes qui craqueraient au premier escalier. Un seul bagage occupait sa poitrine, un petit soleil pâle le brûlant de l'intérieur, à la chaleur indolente et profonde comme l'inquiétude.

Chaque fois qu'il fermait les yeux, le jeune homme tombait et retombait au ralenti. La brume ajoutait à son malaise, depuis son arrivée elle collait à la ville, ce devait être pour cela que tant d'ingénieurs perdus au milieu d'une tentaculaire toile d'araignée d'entreprises tentaient à coups de silex synthétiques de faire naître une quelconque lumière. Non loin de là, des sans-abri proches cousins des zombies erraient en s'enfonçant dans la nuit des hommes. San Francisco, dite « SF » patrie de la science-fiction ; « et des SDF », corrigea le visiteur écœuré. Lui aussi s'apprêtait à tomber du train, oubliant au passage qu'il chutait volontairement, luxe d'entre les luxes, ce qui n'excluait pas pour celui qui se l'autorisait une certaine forme de courage. Il abandonnait la Vallée qu'on lui avait promise et offerte : cette simple vérité le stupéfiait.

Thomas en voulait à tout ce qu'elle portait dans ses entrailles et ses viscères étalés le long de cette cicatrice géologique. Il fallait regarder les choses en face : lui et ses semblables vivaient dans une vulgaire prothèse de plastique posée au cœur du paradis de la Californie. Bien entendu, ses collègues ne quitteraient jamais la Vallée, ils s'y enracineraient, les embauches, les débauches, les financements et les projets s'y succéderaient, ils grandiraient avec et ils finiraient par se confondre avec eux. À l'extérieur de ce biotope, les autochtones dépérissaient. On y croisait certains ex-patrons révérés qui de leur palais observaient entre deux parties de golf ce que préparaient leurs successeurs – bien qu'obsolètes, ils voulaient encore admirer les dernières-nées des chimères.

Lui, le superviseur, la vigie suprême, le guetteur d'anomalies, avait vu les signes et pouvait maintenant reconstituer le puzzle : la dématérialisation était une idéologie, une idéologie aussi puissante que celles qui avaient régné au siècle précédent, une idéologie sans livre dont seuls quelques individus comme lui écrivaient chaque jour le codex en secret. Une idéologie régissant déjà chaque aspect de nos vies, une idéologie réalisée par des outils hypnotiques, une idéologie d'autant plus puissante qu'elle était invisible et qu'elle ne portait pas de nom. Lui qui en connaissait les fondements et les architectes l'avait vue se déployer depuis la porte de Vincennes et la Vallée, elle ne cessait de s'étendre, d'ailleurs l'erreur qu'il corrigeait à longueur de journée était l'ajout d'espaces indus dans les programmes, comme si, inconsciemment, les codeurs tapaient sur la touche la plus large du clavier dans l'espoir de mieux respirer. Leur toute-puissance l'inquiétait aussi, cette vertigineuse capacité à changer la destinée de leurs contemporains sans avoir la moindre idée de ce que cela recouvrait. Ils avançaient dans l'obscurité, ignorant tout de la vie et des sacrifices qu'elle exigeait. Une grenade dégoupillée aux mains d'adolescents jamais sortis de leur chambre : c'était risible. Les outils forgés dans la Vallée ne fabriquaient pas des fantômes sur mesure pour leurs abonnés, ils en faisaient des fantômes, des hommes au corps révolu, sans terre ni attaches, des individus-chimères prisonniers d'une hypnose. La dématérialisation de l'humanité tout entière avait commencé, bientôt il ne resterait plus de celle-ci que des cendres cybernétiques, un mythe, une donnée nouvelle pour les machines. Francœur et les autres au sommet le savaient.

À San Francisco et tout autour, l'épaisse brume locale cachait ces évidences. Il résidait là, le fameux *cloud*, les datas se matérialisaient ainsi, les particules fines s'échappaient des start-up et des appartements à millions de leurs actionnaires, elles montaient au ciel, se densifiaient avec le froid et finissaient par tout recouvrir d'une épaisse limaille de 0 et de 1 les aveuglant et les empêchant de sortir. Les habitants vivaient dans cette bulle de coton imperméable. Ainsi, San Francisco, ville lasse et forte du colossal ennui qui l'habitait, inventait des divertissements pour le reste de l'humanité, sa carte mère reliait tous les déçus du monde. Les autres, tous ceux qui, pour une raison ou une autre, ne participaient pas, n'existaient même plus, et plus personne ne se souvenait qu'ils avaient un jour existé. Thomas avait été d'une naïveté confondante, ou il n'avait pas voulu comprendre. La dématérialisation n'était rien d'autre qu'une forme de destruction, un joli mot plein de courtes syllabes en cachait un autre bien plus terrifiant. Cela sautait aux yeux : ôter la matière des choses, soustraire ce qui les composait, revenait à les supprimer, un enfant n'en douterait pas. Dans la cour de la ferme, l'antique meule tournait sous l'auvent près des stères de bois accumulés pour l'hiver, il avait vu son père y appliquer la lame d'acier des outils et comment le cercle de pierre la réduisait peu à peu jusqu'à ce qu'il n'en reste presque plus rien.

Bien sûr, les mots d'Hélène avaient compté dans sa décision. Elle qui lisait au cœur de la musique électronique, elle qui voyait derrière les notes, n'y croyait tout simplement pas, comme si la société en train d'advenir dont il dessinait les plans n'était, comble de l'ironie, qu'une immense fiction. Thomas n'avait pas considéré les heures de voyage, ni le nombre invraisemblable d'arrêts, une traversée ne se questionne pas, pas même son prix ni ses conséquences. Dans deux jours elle serait là, habillée d'une façon qui lui plairait forcément, les yeux pleins de cette chose étrange qui coulait entre eux depuis qu'elle avait eu le courage de venir toquer à sa porte. Il la voyait, il ne cessait de la voir ou de l'imaginer. Thomas allait préparer son arrivée du mieux qu'il pouvait. Il lui faudrait, entre autres choses, dégotter des fleurs dans le désert.

*

Malgré les secousses régulières, Thomas se sentait en sécurité dans ce véhicule. Assis à l'avant-dernière rangée de sièges du côté gauche, la tête contre la vitre, il dévorait le paysage des yeux, et quand il en avait trop vu son regard se concentrait sur le dessin du revêtement des sièges.

Dans la poche de son blouson, son smartphone privé de carte SIM dormait ; l'autre, le leur, était resté sur l'îlot en marbre de la cuisine. Désormais, il niait l'existence même du campus. Un énorme scandale l'attendait, peut-être certains de ses nouveaux collègues croiraient-ils le fuyard passé à la concurrence, seule cette hypothèse pourrait le sauver à leurs yeux. Sur le moment, il n'y avait pas prêté attention, mais au premier arrêt du Greyhound deux trentenaires un peu rondouillards étaient montés et s'étaient assis derrière lui. Blancs, habillés correctement et ayant gardé leur sac à dos avec eux, ils tranchaient avec le reste des passagers. L'idée que Coda les ait envoyés l'effrayait moins que la possibilité d'être en permanence suivi par un moyen électronique dont il ignorait tout. Ne pouvant les observer en retour, il les oublia. Devant lui, un jeune homme et une jeune femme étaient penchés l'un sur l'autre, ils se parlaient à l'oreille. C'est quelque chose que d'avoir quelqu'un avec qui échanger. L'innocence, celle de ces êtres pris dans un minuscule engrenage les concernant eux seuls, nullement extensible ni contagieux, les braves gens l'ignoraient mais cette innocuité constituait déjà une forme de bonheur.

À Paris, Thomas n'avait pas assez parlé aux copains, chacun courait seul dans son couloir, oubliant que leur travail d'exténuation du monde les épuisait en retour. La vie de bureau rend les gens ainsi. Dans sa campagne, bien avant les réunions du *board* et les *key performance indicators*, il savait cela, mais une fois arrivé à la ville il n'avait rien fait pour s'y opposer. Il avait cru qu'une fraternité d'armes les lierait, mais personne n'avait la force d'écouter son N-1, de l'aider ou de l'aimer. Chez Coda, ça aurait été pire, inévitablement. Lui scrutait les écrans, relisant inlassablement des millions de signes qui tombaient comme des briques de Tetris, tandis qu'à l'intérieur ses camarades scribes taillaient les éléments un à un. Une scène particulièrement lui avait laissé un goût dégueulasse dans la bouche, il en avait parlé à Hélène le soir même et elle en avait conclu qu'il travaillait « chez les fous ».

Des montagnes avaient poussé dans le décor, d'immenses quantités de neige sommeillaient là-haut. De majestueuses canines de bêtes collées les unes aux autres formaient un énorme râtelier antédiluvien. Dessous reposaient minéraux précieux, cobalt, nickel, lithium et autres composants indispensables, allongés, en étroites sous-couches qu'il faudrait un jour sonder. À leur pied, les forêts s'amorçaient et les couvraient jusqu'à ce que la glace coupe leur élan. L'autoroute et l'autocar les traversaient, avec lui assis au fond, minuscule, infime petit signe déconnecté. Et s'il se trompait ? Et si Hélène ne répondait pas à son invitation après l'avoir elle-même invité ? Cette peur logeait derrière l'autre, tout aussi accablante – il eût été tellement plus facile de ne pas couper les ponts avec la Vallée. Dehors, l'immensité du nouveau panorama, son extrême sévérité, la certitude qu'il contenait tempêtes, crevasses, séquoias éventrés, ours et torrents le convainquirent qu'Hélène ne reculerait pas. Pour les mortels dans son genre, les déesses étaient aisées à révérer et à suivre, leur puissance éclairait ceux qui avaient eu la chance de les regarder un jour dans les yeux. L'inverse l'inquiétait en revanche au plus haut point : jusqu'où les divinités daignaient-elles s'avilir ?

De temps à autre, l'autocar s'arrêtait dans des endroits improbables, médiocres gares routières éparpillées dans des quartiers perdus de villes inconnues. Des passagers en descendaient, ils devaient sortir leurs bagages de la soute, d'autres montaient à bord. Personne ne vint s'asseoir à côté de lui. Derrière, les deux espions potentiels chuchotaient sans qu'il ne puisse distinguer leurs propos. S'ils descendaient avant sa destination, ils seraient sûrement remplacés par d'autres qu'il faudrait repérer. Lui, « Cheat Code », avait triché, et alors ?

Qui pouvait s'en étonner avec un surnom pareil ? Thomas se rassurait comme il le pouvait. La topographie avait déjà changé, les montagnes de la Sierra Nevada s'éclaircissaient, déclinaient puis s'enfonçaient sous terre. Des champs apparurent, puis des éoliennes, larges, hautes, par champs entiers. Pour une fois, Francœur ne pourrait pas intervenir, il ne pourrait le joindre ni l'empêcher de quoi que ce soit. L'électricité, onde bleue circulant sous terre dans des câbles invisibles à l'œil nu, l'avait ramené à sa toute-puissance. Peut-être son mentor savait-il déjà pour son départ, peut-être avait-il même anticipé sa désertion, sans doute dialoguait-il en ce moment même avec les deux espions de derrière. Très vite, le consultant saurait justifier l'évasion de son protégé auprès d'Adam Allen et d'Alex Hastings, il mentionnerait avec une précision chirurgicale les signes avant-coureurs, le point de basculement à son arrivée dans la Vallée, il gagnerait du temps auprès de Coda, en attendant de trouver une solution adéquate. Le jour de leur rencontre, Thomas l'avait cru alcoolique au vu des cocktails de toutes sortes coulant dans son gosier. Le regard fixe de l'ogre trahissait une autre ivresse, celle de la vengeance d'un informaticien flamboyant rescapé d'une époque où la France n'était pas écrasée par plus puissant qu'elle, quand ses champions dictaient encore le sens de l'Histoire informatique. Depuis, ses condisciples avaient abandonné faute de force et d'envie, mais pas lui, le capitaine de l'Arche en avait encore à revendre. Comme tous les êtres qui n'ont pas été frappés par le malheur ni n'ont véritablement connu le bonheur, il ne s'arrêterait pas, son travail finissant par remplacer la vie elle-même. La loi de Moore voulant que les machines doublent leurs capacités tous les dix-huit mois s'appliquait également aux hommes et aux femmes qui façonnaient la part fantôme du monde.

Bientôt, la plupart des passagers de l'autocar enclencheraient X1. Même dans un espace aussi restreint, ils ne pourraient s'en passer, ils iraient jusqu'à voyager à seule fin de converser avec leurs apparitions préférées dans de nouveaux décors. Ils réserveraient deux places pour pouvoir dialoguer avec leur invité. Fini les otakus tant craints, de nouveaux pèlerins verraient le jour, incarnant leur exact contraire : des touristes électroniques compulsifs. Ils dialogueraient avec leur nouvelle ombre, coupés de la véritable expérience des lieux, des choses et des gens. Or c'était de ces interactions qu'on en venait à aimer le monde et les hommes, Thomas en était maintenant persuadé.

À l'avant-dernier rang de l'autocar, il sombra dans un demi-sommeil. Trop d'événements s'étaient succédé les derniers jours, à plusieurs reprises il avait changé de continent et d'époque tout en subissant une ou deux greffes du cœur. Dehors, la chaleur montait encore, le décor jaunissait, la végétation se raréfiait, quelqu'un jouait du piano, de grosses gouttes argentées tombaient du xylophone, du vibraphone, Hélène l'aurait corrigé, elle sifflait une ritournelle nouvelle, une courte danse hypnotique. Personne ne lui avait jamais fait confiance de cette manière, jamais aussi puissamment, jamais aussi rapidement. C'était enivrant une confiance pareille : quelques jours plus tôt seulement, il lui avait montré cette porte de sortie complètement folle, et elle l'avait déjà grande ouverte. Quelques mots avaient suffi, un court solo inoubliable.

– Ça ne capte plus, se plaignirent certains passagers – un problème que les futurs adeptes du X1 n'auraient pas à affronter.

Imperturbable, la grosse dame au volant, engoncée dans son uniforme, leur répondit qu'elle n'y pouvait rien. Les deux individus derrière lui ne réclamèrent pas, comme s'ils utilisaient un réseau directement relié aux satellites ou au campus. À son tour, Thomas alla trouver la chauffeuse, avec une question de touriste. La Vallée de la Mort serait contournée, lui lança-t-elle dans un éclat de rire.

– *Are you crazy or what ?*

D'après elle, on ne l'appelait pas « Vallée de la Mort » pour rien : si on tombait en panne là-bas on crevait littéralement sur place. Soit, l'étranger s'y rendrait une autre fois. Son père en avait parlé comme de l'endroit le plus chaud du globe, aucune source d'eau à des dizaines de kilomètres à la ronde sauf de soudains déluges tombés du ciel qui vous noyaient, et les rares animaux capables d'y survivre vous tuaient d'une simple morsure. Aucune communication téléphonique ne passait, avait certifié la dame. Pas de 5G, de 4G, de 3G, ni de Edge : une zone blanche cyclopéenne. La nuit, un froid glacial, subit, pouvait vous engourdir et vous anéantir. Sur les coteaux, Thomas vit ses premières roches dépassant d'un talus, un bloc de granit au bout d'un éboulis, brut, monumental, puis d'autres stèles, magistrales, acérées, sorties de terre comme des arbres défiant le ciel. À l'évidence, le squelette de la planète, enfoui partout ailleurs, apparaissait enfin. Depuis son transfert, l'exilé n'avait plus vu de pierre – pas un bâtiment qui en contienne quelque fragment, tout datait d'hier, de la veille, carton-pâte, décor, toile de fond Potemkine. Pas étonnant qu'on y ait inventé le fameux fond vert des longs métrages remplis de trucages : cette toile émeraude où prenaient vie tant d'illusions constituait la matière première de leur existence.

XII

Escape

Après le panneau « Beatty Airport » – l'hypothèse qu'un avion puisse décoller ou atterrir sur cette planète parut à Thomas, à nouveau parfaitement éveillé, rigoureusement impossible –, le camion-citerne les devançant tourna lui aussi sur la gauche. Autour d'eux, la lumière bleu-gris, chargée de milliers d'ampoules pas encore allumées, annonçait un coup de tonnerre. Il aimait les orages mais craignait ceux de ce coin de la planète – enfin, si jamais les lois du ciel qu'il avait apprises en Bourgogne s'appliquaient dans les parages. Les hommes du dernier rang avaient disparu et d'autres passagers à l'apparence inoffensive avaient embarqué entretemps. L'autocar argenté poursuivait son chemin sur la route, il y avait très peu de véhicules de part et d'autre de la voie. Depuis des heures, l'engin s'éloignait de la côte et des foules. Peut-être n'y aurait-il tout simplement rien à l'arrivée.

Thomas ignorait comment survivre dans un environnement semblable et il y amenait la seule personne qu'il aimait. Si ses parents voyaient ça, ils le répudieraient. Des formes antédiluviennes avec à leur pied du sable, de la poussière, des cailloux entre lesquels émergeaient tout juste quelques plantes grasses, le passé et l'avenir du monde enfin réunis. Sur des dizaines de kilomètres à la ronde ne demeurait que la préhistoire traversée par un autocar d'acier.

Le véhicule s'arrêta de nouveau, c'était son tour.

– Au revoir et bonne chance, *Frenchy* ! Vous n'êtes pas nombreux à descendre par ici et encore moins à monter – et je fais ce trajet depuis des années…

Aux yeux de la dame au volant, le blanc-bec s'était à l'évidence trompé. Il n'y avait, il est vrai, pas grand-chose à regarder, le temps de compter l'unique bâtiment l'autocar avait quitté les lieux. Lui seul était descendu, ce qui ne le rassurait qu'à moitié. Thomas, debout, son maigre sac à ses pieds, avait faim, la berceuse du treize tonnes avec son air réfrigéré venait de subitement prendre fin. À la station-service, il pourrait sans doute acheter un sandwich et tenter de trouver un bon samaritain qui le déposerait au lieu exact du rendez-vous. Ce désert de poudre et de gravier était désormais traversé par deux routes perpendiculaires, nommées 127 et 190.

Une saison étrange y régnait, une variation de l'hiver dans laquelle l'air particulièrement sec contenait plus d'oxygène qu'à l'accoutumée, et surtout il faisait à la fois chaud et froid. Cela renforçait la fixité des choses : rien ne semblait avoir jamais changé, comme le vent qui battait de larges cactus et les fourrés. Sous le toit de la station blanche, près d'une des quatre pompes, une chanson des années 70 s'échappait à plein volume d'une Jeep Wrangler noire décapotée. Le conducteur, un vieux bonhomme dépenaillé, fumait d'un air légèrement extasié, sans se préoccuper un seul instant du fait que sa cigarette puisse enflammer les vapeurs d'essence. Maigre, bronzé, voire cuit, il n'avait pas vraiment d'âge. D'après le dessin sur son T-shirt, il exerçait la profession de gestionnaire d'une exploitation de cannabis des environs – apparemment, cette plante vivace poussait aussi dans les parages. Posées sur un nez fin cuivré, de petites lunettes sales convainquirent Thomas d'oser lui demander de le prendre en stop.

– Ça dépend où tu vas, fiston... Pousse un peu le bordel pour te faire de la place. D'habitude, le chien squatte là.

– C'est quoi cette chanson, s'il vous plaît ?

– « Cold as Ice », de Foreigner. Ça s'écoute à fond. Amargosa, on y sera au bout de quatre cinq écoutes. Qu'est-ce qui t'amène là-bas ?

– L'Opéra.

– Ah, l'Opéra... L'Opéra fantôme, tu veux dire. Ça fait un paquet de temps qu'il est là, c'est bien de lui rendre visite...

Ils quittèrent Shoshone, au sein du comté d'Inyo, à quarante kilomètres de la ville de Pahrump, au cœur de la Funeral Mountain Wilderness. Les « montagnes funérailles » : cela ne s'inventait pas. Pourtant, le lieu lui parut plus inhospitalier que funèbre. Les Shoshone avaient vécu là pendant des siècles, cette grande tribu indienne surnommée « les Gens du serpent » avait longtemps été répartie sur une immense partie du territoire américain avant d'être enfermée sur la terre des essais nucléaires. L'Histoire n'est souvent qu'une sculpture de larmes et Thomas espérait rencontrer un jour un des derniers survivants. Dans les cours de récréation d'Europe, le règne des cow-boys n'avait jamais vraiment pris, de tout temps les enfants nés sur le Vieux Continent avaient choisi leur camp. Plus loin au sud-est, dans le Nevada, l'horreur de Las Vegas commençait, le camp de déconcentration où l'humanité venait se vider les poches. Il n'y mettrait pas les pieds, toute personne sensée savait à quoi s'attendre – à une société ivre pataugeant dans ses propres égouts, gonflée de bêtise, d'alcool et de dollars. Brinquebalé à la place du chien, Thomas avançait d'une nouvelle case, le point Nemo approchait.

Dans cette Jeep ouverte à tous les vents, sur la route désespérément droite, le vieil homme roulait aussi vite qu'il écoutait la musique fort. Ce genre d'individu ne pouvait pousser qu'au milieu d'un panorama aussi baroque. Des montagnes pelées, des buissons accrochés aux roches, quelques cactus ancestraux, de la pierre concassée par le vent et les pluies, un ciel glacé descendu du ciel découpant toutes les formes au couteau et, à leurs pieds, du sable à l'infini.

La nuit de leur rencontre, dans ce petit appartement dont il avait déjà presque oublié l'existence, adossée à la fenêtre donnant sur la cour intérieure couleur ardoise, au cinquième étage, Hélène avait prononcé le mot « Amargosa ». Le regard brillant, elle avait cité d'autres lieux reculés où des architectes fous avaient fait bâtir d'improbables temples. Assis sur son canapé, aussi concentré qu'il le pouvait malgré les verres descendus et la stupéfaction d'avoir tout près de lui sa si désirable voisine, l'inculte l'avait écoutée parler de l'Opéra au centre du film *Fitzcarraldo* : pour le construire en pleine jungle amazonienne, il avait fallu, disait-elle, faire franchir une montagne à un navire ou un exploit de ce genre. Il aurait dû noter chaque anecdote, chaque détail de ces histoires invraisemblables. Aimer suppose retenir les mots choisis, les expressions du visage et les phrases, enfermer ces secrets dans un petit coffre-fort, les y laisser mûrir afin que de ces trésors engloutis s'élèvent plus tard de nouvelles indélébiles fleurs. Sur la route 127 sans virage aucun, le sable et la poussière des bas-côtés entraient dans l'habitacle, un serpent à sonnette apparu à ses pieds ne l'eût pas étonné plus que ça.

Le nom d'Amargosa roulait dans sa bouche. Ce mot qui avait pour lui valeur d'éblouissement, quelle pouvait en être l'étymologie ? Il ignorait que le terme espagnol désignait les eaux saumâtres d'une rivière survivant miraculeusement dans le désert, apparaissant à certains endroits avant de poursuivre son cheminement sous terre. Pendant quelques décennies, le village s'était appelé Death Valley Junction. À l'époque, cet intitulé lapidaire collait bien à ce carrefour à traverser avant d'aller défier la mort, il ne manquait que Charon et sa barque. Et puis, progressivement, grâce à la dévotion des rares habitants envers la mémoire des lieux, le nom « Armargosa » s'était à nouveau imposé et désormais, sur toutes les cartes et tous les écrans, la vallée et le désert alentour portaient eux aussi cette précieuse étiquette.

Sur sa droite, malgré la poussière soulevée par le dérapage de la Jeep, Thomas vit le bâtiment. Très bas, reléguée au bout d'une construction étendue, sa façade blanche avait été peinte à la chaux, vive ou non, il devait y en avoir des mines entières par ici. On devinait des fenêtres et des portes closes depuis des lustres. Un Opéra de la sorte, haut d'un seul étage à moins que la salle elle-même ne s'enfonce dans le sol, nul ne pouvait imaginer cela. Seuls Hélène et quelques mélomanes obsessionnels devaient en connaître l'existence. Son pilote y avait peut-être mis un jour les pieds ; sans même un au revoir, celui-ci avait filé retrouver son chien et ses plants de cannabis.

Au bout de quelques minutes d'observation, le garçon échappé du campus, le codeur de haut vol, l'homme aux trois écrans, le tueur de fictions, réalisa pleinement où il se trouvait : en un lieu où il n'existait aucune raison de s'arrêter si ce n'était par pur entêtement. Nulle silhouette ne l'observait derrière un rideau au coin d'une fenêtre, il n'y avait tout bonnement pas la moindre activité humaine aux alentours. Selon toute vraisemblance, Coda ne l'avait ni suivi ni repéré.

Vus du ciel, le village et son Opéra composaient un poème en forme de U autant qu'un défi adressé à la géographie. L'indolence : ce fut le premier mot qui lui vint à l'esprit face à ce panorama empreint de douceur. La lumière et la blancheur crue des bâtiments berçaient le regard, au sol il n'y avait pas de trottoir pavé ou celui-ci avait fondu bien longtemps auparavant. L'Opéra avait tenu, il avait survécu à son démiurge, il n'y avait plus qu'à déverrouiller la double porte d'entrée de la salle de spectacle, sur laquelle deux visages blêmes avaient été peints. Une figure riait, l'autre pleurait, elles semblaient appartenir au continent lointain du théâtre nô. Thomas avait misé gros, plus qu'il ne l'aurait jamais imaginé : son boulot de rêve et les millions qui tombaient du ciel, le Programme et X1, sa famille, la bande, tout ça jeté sur le tapis vert contre des retrouvailles dans un décor de western. Il venait probablement de commettre l'erreur de sa vie.

*

Alors comme ça, tu nous plantes ?

Mon pauvre Thomas, comme tu me déçois. Quelle que soit la raison de ta désertion, amoureuse, dépressive ou autre, tu aurais dû m'en faire part. Ce genre de choix se soupèse et, crois-moi, je peux être très utile avant de lancer un projectile de ce genre. Coda est encore sous le choc, ils n'y croient pas tout à fait mais je sais que ce n'est pas un départ passager. Comme tu le vois, j'ai encore mes sources, on ne me fuit pas impunément.

Cette lettre n'a pas pour but de chercher à te faire revenir mais de t'aider à penser la situation dans son entièreté, car tu as au passage oublié certaines données d'importance. Tout d'abord, le rôle que tu joues chez Coda, comme auparavant chez Bound, n'est pas un travail au sens où on l'entend habituellement, c'est pourquoi il ne se quitte pas comme on poserait sa démission, ce que d'ailleurs tu n'as pas fait. Non seulement tu prends le risque de te faire la pire réputation dans la Vallée, mais tu te doutes bien qu'une entreprise comme celle-ci dispose de moyens juridiques ou d'autre nature importants, pour ne pas dire infinis. Si Adam Allen juge nécessaire de te faire revenir sur ta décision, il le fera, y compris au moyen d'une forme de contrainte à laquelle rien dans ta vie ne t'a préparé.

Écoute-moi bien, Thomas Hèvre, cesse de croire que tu es un employé, leur employé, c'est eux qui sont au service de ton talent. Ton job chez Coda, ce n'est pas un travail mais une transcendance. Tu ne travailles pas, tu fabriques, tu crées, tu es la part humaine de la machine.

Aussi, nous allons sauver l'homme face aux épreuves qui l'attendent, ce n'est rien d'autre qu'une tâche divine – et tu sais à quel point je déteste les superlatifs, j'ai juste quelques années d'avance, je vois de plus loin, de là-bas, c'est ainsi. L'oralité a régné pendant des millénaires, puis l'écriture a été inventée en Mésopotamie il y a à peu près cinq mille ans. L'écriture informatique date, elle, des années 70. Tu le vois, nous n'en sommes qu'aux balbutiements et nous avons la chance d'être au centre de la matrice. Le Programme et X1 sont la nouvelle étape d'une révolution copernicienne : le point nodal de notre civilisation n'est plus l'homme mais la machine, le calcul a définitivement pris le pouvoir sur le langage. Personne ne veut admettre ces évidences, comme les opposants à l'héliocentrisme ont feint de croire que le Soleil et les planètes tournaient autour de la Terre pendant des siècles. Grâce à nous, cet état de fait sera désormais incontestable.

Chez Bound et Coda, nous exauçons les prières de l'humanité avant même que celle-ci ne les formule, tu comprends donc notre importance au regard de l'Histoire. Les hommes, tu le sais, sont de nouveau en proie aux passions anciennes, à la conquête, à la domination, ils font ou ils préparent la guerre. Nous allons leur faire oublier cela. Nous sommes une force d'occupation des esprits et du regard et en contrepartie notre vie est colonisée par le travail, il faut s'y faire. Tu t'y feras. Nous, Homo faber, fabriquons des souvenirs pour les gens qui n'en ont pas afin que le réel puisse s'adapter aux besoins et aux désirs de chacun. Le réel et ses arêtes, il faut les répudier, les tordre, les arranger pour les âmes tristes. Mieux, il faut s'en débarrasser.

Sache une dernière chose : si tu veux véritablement incendier le palais, il te faut d'abord le construire. Tu n'en as, tu le sais, que pour quelques mois à relire comme toi seul sais le faire les travaux commencés par tant de bâtisseurs. Cela te sera aisé, je me doute bien que tu l'as deviné. Tu es la machine qu'aucune machine ne peut remplacer, et surtout pas les intelligences artificielles dans lesquelles les retardataires investissent des milliards. L'or, c'est l'homme et son imagination. Tu es la première et la dernière non-machine de la sorte, souviens-t'en. Il est inutile d'opposer l'homme à l'outil, nous sommes à jamais liés, et ce, depuis toujours, ce n'était qu'une question de temps avant que nous entrions en symbiose, avant que nous ne devenions une seule entité. Sache que je suis à tes côtés. Respire le temps qu'il faudra mais reviens absolument avant que ne s'enclenche un mécanisme contre lequel je ne pourrai rien. Tu ignores ce qu'est la violence, la violence des puissants dans un pays qui depuis toujours lui laisse libre cours. La Vallée n'a pas de frontières, l'extension et la conquête sont sa fonction même, tu le sais mieux que quiconque.

Ton vieil ami, Francœur

*

Sur le côté droit de l'Opéra dormait un long bâtiment de style colonial supposé abriter un restaurant et un hôtel, tout aussi bas, presque enfoncés dans le sol, les parois de chaque construction étaient composées d'adobe, cet assemblage de terre argileuse, d'eau et de paille séché au soleil qui avait donné son nom à un autre titan de la Vallée. Des colonnes alignées formaient un immense couloir le long de la structure en face de laquelle une voiture poussiéreuse était garée ; autour, les autres constructions, tout aussi plates et lunaires, semblaient elles aussi fermées ou abandonnées. Sous la voûte céleste chaque édifice avait été construit à angle droit et peint à la chaux, il s'agissait de durer face aux éléments. Thomas le non-voyageur n'avait jamais autant approché le tropique du Cancer, cette ligne invisible qui le fascinait sur les cartes, et voilà qu'il découvrait un espace vierge où quelques centaines de pionniers avaient vécu avant de mourir. D'après ses recherches, plus d'un siècle et demi auparavant, une entreprise, la Pacific Coast Borax Company, avait édifié là un campement puis un village afin que ses employés exploitent les mines des alentours. Ils cherchaient du borax, un sel complexe que des mules transportaient par attelage de vingt animaux.

À l'apogée de l'extraction, Death Valley Junction rassemblait un bâtiment administratif, un local de l'entreprise, un dortoir, l'hôtel, une salle communale pour les repas, un gymnase, une salle de billard et un glacier. Une fois remontés des profondeurs, des mineurs couverts de poudre blanche et assommés par le soleil se délectaient de glace. L'âme de cette civilisation devait résider dans ces morceaux de bravoure – qui sur cette planète avait osé manger un sorbet en plein désert ? On trouvait la même arrogance et le même désir de dissociation dans X1 et le Programme : la négation de l'environnement pour mieux le sublimer. Épuisés et repus, les mineurs et leurs familles avaient quitté les lieux en 1888, l'année où un autre illuminé, le peintre hollandais Vincent Van Gogh, avait refusé une bonne fois pour toutes de prêter oreille aux soubresauts du monde. À cet instant, Thomas aurait pu se trouver dans un de ses tableaux, au Mexique, dans un western ou dans le futur, ses pieds ne lui indiquaient qu'une chose : ce sol poussiéreux et pâle, sec comme une peau de serpent, n'avait rien à voir avec l'étoffe gorgée de vie des sentiers qu'il connaissait chez ses parents.

Le soir venu, après avoir cherché un abri, il relirait ses notes sur Marta Becket, la fondatrice de l'Opéra, si seulement les longs filaments d'Internet arrivaient jusque-là il chercherait des captations de ses spectacles. Un film documentaire avait été consacré à la longue dame brune, il faudrait le retrouver. Au pire, il lirait de simples articles, Hélène en avait forcément dénichés de son côté. Selon toute vraisemblance, cette ancienne danseuse de Broadway d'une très grande beauté s'était produite là jusqu'à l'âge de 80 ans passés. La légende disait que la New-Yorkaise avait découvert les lieux avec son époux en 1967, à l'âge de 43 ans, après qu'un pneu crevé eut stoppé leur voiture à proximité. À l'intérieur du bâtiment longtemps abandonné, elle avait peint pendant des années d'immenses fresques murales inspirées de tableaux de la Renaissance. Un public composé d'une famille royale d'ascendance espagnole, d'ecclésiastiques, de clercs, d'Indiens jongleurs et de courtisanes – les prostituées d'un bordel des environs baptisé « Chicken Ranch » venaient une fois par mois s'instruire à l'Opéra – y prenait vie. Au début des années 1980, son coureur de mari l'avait quittée et elle était restée, poursuivant son immense tâche. Tom, l'homme à tout faire du coin, un sympathique moustachu amateur de trains électriques, lui donnait un coup de main. Contaminé par sa puissance créatrice, l'individu qui vivait alors avec un émeu avait fini par l'accompagner sur scène et était devenu son compagnon. Ils recueillaient les chats du coin pour éviter que les coyotes ne les dévorent.

Depuis les années 60, elle dansait en tutu au milieu du désert, des ânes et des chevaux sauvages et les gens traversaient la Vallée de la Mort pour applaudir à ses pirouettes. Des autocars avaient même été affrétés depuis New York afin que ses anciens camarades de Broadway assistent au spectacle. Thomas aurait voulu voir ses mains osseuses veinées de bleu. Après avoir sauvé le village de l'abandon, elle l'avait tout simplement acheté, car ce genre de choses était possible sous cette latitude. Le numéro des deux énergumènes attirait curieux et gens du coin, parfois même quelques célébrités. Souvent, elle valsait seule, sur une musique de sa composition, dans les costumes qu'elle avait cousus. Ray Bradbury, l'auteur des *Chroniques martiennes* et de *Fahrenheit 451*, de son propre aveu, y avait versé des larmes ; lui qui avait rêvé de livres brûlés au lance-flammes pleurait pour une veuve dansant avec la mort les pieds dans le sable. Cela rassurait Thomas de savoir que, parmi tous les auteurs ayant averti l'humanité qu'extraterrestres, robots ou machines pensantes provoqueraient un jour sa fin, l'un d'entre eux, un intellectuel au large sourire attribuant l'origine de son illustre carrière au fait qu'un jour dans une fête foraine de Waukegan, au bord du lac Michigan, un magicien itinérant ait pointé sur ses deux épaules et son nez un sabre électrique et lui ait lancé alors que ses cheveux se dressaient sur sa tête : « Sois immortel ! », cela le rassurait donc que cet homme : devenu vieux et célèbre, soit venu jusqu'en ce lieu pour vérifier que l'étrange courant parcourant les êtres fantasmagoriques passait encore par là.

Hormis quelques livres-totems, Thomas avait très peu lu. La couverture du livre apposée sur son T-shirt prenait ce jour-là un tout autre sens. On y voyait une bâtisse abandonnée aux vitres cassées d'où s'échappaient une douzaine de chiens ; le ciel au-dessus se colorait d'un violet profond, les hautes herbes étaient rouges et mauves. Clifford D. Simak avait inventé des récits sur le futur implantés dans sa campagne du Wisconsin, il avait tout compris. On y évoquait des légendes que les canidés se racontaient au coin du feu : pourquoi les hommes avaient abandonné les cités, comment ils avaient disparu et ce qui avait pris leur place. Ça lui rappelait les baraques abandonnées autour de chez lui, sombres, aux toits en chaume de seigle béants, envahies par le lierre et les ronces, parfois même par des arbres. Certains soirs, ils allaient y fumer entre copains et s'y saouler, ils ne restaient jamais trop longtemps, elles sentaient l'effondrement ces bâtisses, elles s'accrochaient encore au bord des routes, signifiant que la résistance au siècle, à la neige, au soleil et au temps prendrait fin elle aussi. Thomas avait également aimé ce livre à cause des chiens errants. Il devait y en avoir là aussi, aux cicatrices profondes sur la gueule et le corps, après lesquels les autres, ceux des fermes comme les siens avant, bien nés et bien nourris, se contentaient d'aboyer, les laissant poursuivre leurs vagabondages.

Le jeune homme n'avait jamais envisagé l'existence d'un lieu aussi fou, pas plus qu'il n'avait lu les livres du lointain cousin de Marta, Samuel. Il n'avait gardé qu'une chose en mémoire : au cours des années 50, l'écrivain à tête de rapace, installé en Seine-et-Marne, avait plusieurs fois emmené à l'école le futur catcheur André The Giant dans sa camionnette, une suffisamment solide pour transporter deux véritables forces de la nature. André Roussimoff, adolescent démesuré, fils d'un rescapé des camps de travail bulgares, colosse déjà, future vedette internationale au corps criblé de cicatrices, bientôt écrasé par la bêtise des hommes et par l'alcool. Samuel Barclay Beckett, un petit Irlandais, fils de métreur, un métier oublié, qui, toute son existence, compta les mots et l'espace entre eux et les hommes, espace dans lequel on pouvait passer sa vie ou se noyer. De temps à autre, Thomas imaginait la scène : deux géants du siècle, deux silences, un prix Nobel de littérature et un gladiateur se produisant aux quatre coins du globe devant des dizaines de milliers de spectateurs. Aujourd'hui, où leurs immenses squelettes pouvaient-ils reposer ?

Devenu un « sans-images », comme les nommait Francœur, le fils Hèvre voyait clair en ce jour polaire, c'était l'avantage d'avoir fait un choix draconien et de s'y tenir. La blancheur autour, ce presque vide d'une noblesse stupéfiante aidaient. Si réelles puissent être les menaces de son mentor et de son patron, elles ne prenaient pas, elles se dissolvaient dans le décor. Il fallait rendre la beauté au monde. Formulé ainsi, cela ne voulait pas dire grand-chose, mais Thomas avait trouvé là une vérité aussi nouvelle qu'importante. Malgré ses jeunes années, lui-même en avait déjà beaucoup reçu : la terre et la lumière du Morvan, le langage des langages qu'il pratiquait depuis son enfance, presque semblable à celui des chiens de Simak, une déesse nordique venue toquer à sa porte, et puis ces paysages irréels qu'il avait traversés.

Thomas Hèvre se trouvait à une intersection. Il venait de prendre une décision minuscule et immense : quitter la Vallée et guérir de la guérison par la machine. Là-bas, un mot lui manquait pour qualifier la cause qu'il trahissait, l'empire que lui et ses adeptes fabriquaient. Une forme nouvelle de passivité et de lassitude, comme s'il n'y avait plus rien à faire que ce qui avait été prévu et inventé par d'autres pour soi, une tristesse puissante, voilà le mot, une tristesse profonde, omniprésente, grisante presque. Il aurait dû y penser avant, cela lui sautait aux yeux maintenant, mais une vallée par définition n'est rien d'autre qu'une dépression géographique, un creux, une sorte de trou qui s'allonge à la surface du monde et où les gens tombent un à un ; ça, même son père aurait pu le lui dire. Le sort avait voulu qu'il quitte celle du Morvan, verte, pleine d'insectes, d'hommes et de femmes abîmés par le temps, pour rejoindre la grande, l'immense, la grise où l'on fabriquait les aliénations à venir. Il avait pris part au sabotage, à la colonisation de l'esprit, il avait permis la liquidation de la fiction jusque-là transcendance d'entre les transcendances. Thomas n'y remettrait plus les pieds, il ne voulait plus pénétrer l'âme de quiconque.

Il avait fui, oui, il n'y avait pas d'autre mot, le surdoué monté à Paris avait fui et son refuge ressemblait désormais à cet endroit inhospitalier, à ce morceau de Lune tombé sur Terre qu'on appelait « Vallée de la Mort » pour effrayer les gens de passage, une vallée blême comme la roche où seul le soleil poussait, une vallée désertée par les pionniers d'antan et vidée de son borax, une vallée sans minerai et sans or, une zone blanche d'entre les zones blanches où les signaux électroniques ne passaient pas. Seules les danses, même solitaires, les torsions des corps, des jambes, des bustes et des mains, pleines d'une musique silencieuse, parvenaient à s'en extraire et allaient faire signe aux amateurs lointains où qu'ils soient. Et eux, comme lui et comme Hélène, et comme d'autres avant, rejoignaient cette java en traversant les immensités.

Thomas préférait cette Amargosa de poussière, ce village faussement abandonné peuplé de coyotes et de rêves hallucinés. Le nouveau venu lirait les mots de l'aigle, il s'en fit la promesse, il les lirait avec Hélène pendant qu'elle se plongerait dans des partitions insondables, hymnes antédiluviens ou chansons du futur. Ils allaient enfin avoir le temps.

Ainsi, si l'on fouillait bien sur cette Terre, l'amour circulait entre les fous de toutes sortes, André le géant à tête de golem,

Samuel le taiseux au visage ridé comme un texte, Marta la danseuse et Hélène-Harfang, chouette nocturne qui arriverait le lendemain dans un autocar. Il existait des espaces où ceux-ci pouvaient se retrouver incognito, des lieux aux noms improbables dans lesquels la nature se laissait elle aussi aller à de truculents délires, il fallait s'y rendre dans de vieux véhicules d'acier pour goûter une façon inédite d'être au monde.

RÉALISATION : NORD COMPO À VILLENEUVE-D'ASCQ
ACHEVÉ D'IMPRIMER SUR ROTO-PAGE
PAR L'IMPRIMERIE FLOCH À MAYENNE
DÉPÔT LÉGAL : JANVIER 2025. N° 158514 (105901)
IMPRIMÉ EN FRANCE